一个人的温柔时刻

李小岩

Ariel Li

著

Lovely Moments

漓江出版社

目 / 录
Contents

序言：用指尖的温柔，获得心底的自由 … 6

第一章
慢时光

想要拥有时间，而不是经过时间 … 10
手作：布偶小熊 … 14

有茶的日子，就有一段好时光 … 16
手作：刺绣茶垫 … 21

每一份茶点，于我都是一场盛会 … 22
手作：自制心形茶包袋 … 27

器物是时间停住的样子 … 28
手作：小鱼器物束口袋 … 33

下午三点，老女孩的茶会时光 … 34
手作：DIY甜品架 … 38

菜市场，我爱的一碗人间烟火 … 40
手作：自制文艺范的酱布和茶巾 … 46

睡前的仪式感 … 48
手作：干花香薰蜡烛 … 52

有花的时光，便是元气少女 … 54
TIPS：插花小小技巧 … 58

第二章
简时光

重新爱上你的家 … 62
手作：自然简易的日常插花 … 67

用好物滋养出最好的你 … 68

收于心，纳于情 … 72
手作：万能收纳包 … 76

善待每一个小角落 … 78
手作：用零碎小物创造乐趣 … 82

家，需要用心才能享受的地方 … 84
手作：玫瑰干花制作 … 88

"我回来了，请多关照" … 89

第三章
食时光

幸福的来源，打开烤箱开关 … 96
手作：海盐花生太妃糖 … 102

把美妙赋予每一个清晨 … 102
手作：香橙蓝莓焦糖松饼 … 106

面包如人生，需要慢慢发酵 … 108
手作：迷人的牛角包 … 112

我的幸福是，窝在厨房里做晚餐 … 116
手作：香肠煲仔饭 … 121

用心做便当，装下一切美食与美好 … 122
手作：芒果酸奶慕斯 … 126

没有一碗面温暖不了的心 … 128

手作：香菇鸡丝面 … 132

和孩子一起种菜做食物，是心的交
汇 … 134
手作：抱杏仁儿的小熊饼干 … 140

第四章
- - - - - - - - - - - - - - - - -
趣时光

旅行的快乐，肤浅却重要 … 144
手作：制作旅行手账 … 148

想为你亲手做份礼物 … 150
手作：流苏胸针制作 … 154

编织是具有魔法的童话 … 156

和器皿玩"过家家" … 162
TIPS：下午茶茶具推荐 … 166

不赶时间的话，去野餐吧 … 168
TIPS：如何打造一场美妙的野餐会 … 172

谁会拒绝一场小而美的聚会？ … 174
TIPS：娃娃茶聚 … 179

我有一个抽屉，藏着想要的美好 … 180

把过日子当成是有趣的玩耍 … 183

第五章

美时光

所有的美，都与爱有关 … 190
手作：绣花杯垫 … 194

世间的温柔之事，必有一件是静候花
开 … 196
手作：碗小姐的等花小站上 … 202

当女人开始画画，人生或许会不同 … 204
手作：学习画画的心得分享 … 208

跑步时，我在想什么 … 210
手作：HABY 运动腕表 … 214

盛装旅行，美好在路上 … 216
手作：复古发带 … 220

你装进相机里的，是爱啊 … 222

不完美，也很美 … 226
手作：靠枕暖头 … 232

愿你的美，不惧光阴 … 234

有独处的能力，才有爱的能量 … 238
手作：复古风质流苏耳坠 … 242

成长，永无止境！ … 244

时间会带来一切答案 … 248

总复习：可爱小生活指南 … 252

序言
用指尖的温柔，获得心底的自由

写了两年生活方式类公众号后，常常被读者问："怎么样才能让生活变得有意思起来？"这真是一个难以回答的问题，想来每一个人的感受都不尽相同。在我看来，解决问题的途径，或许是在生活的空隙中，找到让自己的内心真正愉悦的门道。

曾经有过一段长时间的焦虑期，在家务的烦琐和育儿的辛苦中，那些明亮的日子一点点消失，连安安静静煮一碗荷包蛋面条、好好看看云朵的时间都没有。"那些属于真正的我的部分到底去哪里了？"不由得有些愤怒又无奈地想。

直到某个深夜，不得不理睬的人都睡了，疲惫中的我看着台灯发呆，突然觉得"那么做点什么吧"。于是翻开一本美食杂志，取出黄油、面粉、巧克力，烤了只巧克力布朗尼。此刻忙碌的感觉是如此地奇妙，内心非常安静，那是整个世界只有自己的喜悦。

我发现，相比单纯的"享受的人生"，我更喜欢"创造的人生"。虽然白天还需要面对烦人的种种琐碎，但一到深夜，我就变身女超人，用那些手工活儿随时提醒着自己，快乐其实很容易。而这些指尖里建立的温柔，都成了让我收心养性的法门。

或许娃很快会醒，老板的夺命追魂任务随时会出现在微信里，但这一刻，我不是妈妈亦不是下属，而是世界上最重要的人——我自己。尽管心境改变不了现实，但我们可以建立一个独一无二的小世界。

深夜里，漫步在这片独一无二的小天地里，或是在画纸上一点点描绘，在这一刻诚实面对自己的心情；或是轻踩缝纫机，为孩子的生日派对缝制几块好看的餐布；或是在月光下烤一份法式吐司，任咖啡的香味弥漫在空气里……这样的时光令我的内心非常平静，不自觉地对万事万物充满感激，好像终于活成了自己喜欢的样子，尽管它得来不易。

烘焙、缝纫、画画、摄影……这些微小的事物，在不知不觉间修补了我的孤独和空虚。在无数次熬夜换回的自由里，一点点地感受自我的回归，好像身边那些真切又细碎的温柔，伸手就能触摸得到，心也因此平和安宁了。

立春时节，亲手炒制一份豆沙，做几个日式和果子，享受将它变成花鸟山水的过程；初夏的夜晚，用腌好的雪里蕻炒肉末，配上一碟清爽的时蔬，水果是花园里现摘的杏儿；秋日已至，在咕嘟咕嘟冒着热气的厨房，坐在小凳子上做蛋黄流沙月饼；临近新年的日子，为孩子们缝好节日衣衫，拾起掉落的蜡梅枝插在瓶中，看着它们绽放清新不俗的美。这些动人的印记在脑海中挥之不去，因此写这样一本书，亦是我对自己生活的复习。

期许每一位读到的人都可以感受到它的温暖与友善。关于春日的露台下午茶，关于便当的做法，关于女红关于毛线，关于制作桌布和茶点……有时它是一本菜谱，有时是散心的小文，有时是一本手法幼稚的绘本，有时则是实用的手工教程。你可以在上下班途中，午后的阳台上，或是周末赖在被窝里，用轻松的姿态和愉悦的心情来翻一翻。不用花太多的时间，就能够收获平常日子中的细腻和甜美，以及一份关于幸福的冲动与喜悦。

那么，不如试着让生活的美意和温柔，顺着你的指尖，流入心底。

第一章
......
慢时光

想要拥有时间，
而不是经过时间

买过一本叫作《日安，四季》的书，作者叫龙竞，是位很有意思的女生。她会把旧毛衣变成提包，把电脑包装盒变成挂画，把碎布头变成桌巾、手帕、睡裙，从种子开始培育香草，扦插从郊外"收养"的野薄荷，还会做温暖的红酒炖牛肉、属于春天的菌菇火锅。

某天坐在家里，忽然想吃糟鸡翅，想起这书里有教做类似的菜，看着也不算复杂，于是打算尝试一下。笨手笨脚地准备好食材，鸡翅入锅，加水烧开后焖煮约 10 分钟，放至自然凉，然后加入糟卤，淹过鸡翅浸上 2 小时左右就可以吃了。我还灵机一动用蛋皮做了装饰，没料到蛋皮浸了糟卤变成糟蛋皮，竟是相当好吃。

这次成功的试验让我开始迷恋上书里的日子，尽管那是当时的自己渴望却不能拥有的生活。每天朝九晚五的工作，加班是常态，我就像是一个快速旋转的陀螺，被忙碌与浮躁消耗着。直到怀孕生子，那段时光就像上天的恩赐，让一直无法静下心的我忽然有时间去做自己喜欢的事情。

是的，那些看起来"没有意义"的时光，让我的日子变得逐渐

生动。比如观察春日里月季渐渐绽放的花蕾，在夏天种盆奶油草莓，用蓝带甜品师的配方烤一炉面包，或是为孩子写一篇好玩的童话。有些则是需要沉下心来下功夫的事，比如看展览、弹钢琴、学画或泡一壶茶。

也许那段日子的意义就在于让我明白，原来停下脚步看看头顶的天空，也不妨碍我们努力地活着。即便是后来重新回到职场，也习惯了调整自己的节奏，用一些小小的偷闲来让内心恬静，把内在的美好释放出来。

比如周末的晚上，或是工作日下班回到家，把孩子哄睡后，便是独属于自己的时光。喜欢打开小台灯，看书、画画，或者做手工。孩子的小手举在耳侧，长睫毛覆盖在柔软的皮肤上；听着他轻柔而均匀的呼吸，我的内心温柔又踏实。

在孩子1岁生日的时候，我用半个月的零碎时光给他做了只小布熊作为礼物。用了亲肤材质，选了钟意的花色，缝完最后一针，把它藏在抽屉里，等待小手拉开抽屉的那一刻。在做这些事情的时候，内心充溢着无法描述的幸福感，就算针法不完美，但我相信，这只小熊因为拥有了指尖传递的温度，变得独一无二了。

喜欢用零碎的布料为家人做一些小物，用烤盘端出热气腾腾的面包，亲手制作浓重芬芳的咖啡，看一些慢节奏的书和电影…… 年轻的时候会觉得这些事情无聊空洞，现在却明白活着有千百种方式，你只需要选择最贴近内心的那一种。亦终于懂得了作家赫尔曼·黑塞在《温泉疗养客》当中所说过的句子："在我们的生命中，无论平时情况怎么样，有时会出现那么点像幸福、满足的东西。是的，它不会长久停留，这或许更好。在那一刻间，感觉是多么美妙。"

这看似短暂却珍贵的每一天，我还是想慢慢体会它，尽量过得愉悦、享受，重新了解、接纳，郑重其事地对待生活，并把创造幸福的责任交还给自己。当你对草木花果都有怜悯之心，对人间烟火包容热爱，自然会被生活温柔平和地抚慰。

我曾经把心灵的不自由归结于成为母亲，而现在却不再后悔。因为看到婴儿从呱呱坠地，到学会抬头翻身、爬行走路，听他说出可爱的句子，被他拉着手去花园看树叶的脉络……能陪伴与见证孩子的每一次成长，都是值得感恩的事情。

还记得一个秋末的黄昏，带着弟弟去接哥哥放学。回家的小路上铺了一层枫叶，走在上面会发出"嘎吱嘎吱"的声音，晚霞的颜色从错综的枝丫缝里透出来。两个人一起蹲下，拿着叶子好奇地研究。我听见哥哥扬起侧脸拖着尾音对小娃娃说："叶子——""叶纸——"弟弟用脆脆的声音应着。那个当下，我的内心充满了温情，原来抚育孩子们长大，并不是在辛苦地付出，而是不断获得最丰盛的鼓舞，我们自己的生命岩层也因此变得丰富多元层层叠叠。只是当你慢下来，才能感受得到这些瞬间的珍贵，也才能真正遵循内心，享受平淡而不乏可爱的生活。

<手作>

布偶小熊

· 工具 · 材料

布料、针线、剪刀、棉花等。

在硬纸片上画好小熊的纸样，剪成模板；用笔沿着模板的边在布上画好各个部件的轮廓，按图样裁剪时注意留出7mm左右的边做缝份；

1

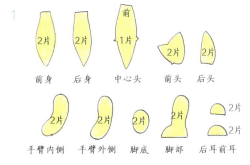

前身（2片）　后身（2片）　中心头（1片 前）　前头（2片）　后头（2片）

手臂内侧（2片）　手臂外侧（2片）　脚底（2片）　脚部（2片）　后耳前耳（2片 2片）

2

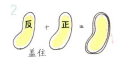

反 + 正 = 盖住

把每两块相同的布正面相对，也就是把反面露在外面，然后缝上一圈；

3

以此为例

每个部件缝合的时候至少要留2cm的返口，完成后把里层翻过来，变成正面在外；

4

棉花

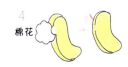

圆滚滚了

往刚才留好的返口里塞棉花，然后把返口缝好；

5

棉花

把两块窄窄的布料按步骤 2、3的方法做一个长条，系成蝴蝶结；脚掌与腿缝合，从返口处塞入棉花后缝合；

6

把处理好的部件都缝在一起，缝的时候一定要把线拉紧；

7

给小熊缝上嘴巴和鼻子，可爱吗？

有茶的日子，
就有一段好时光

　　茶道，对于我来说其实是过于复杂的事物。开茶舍的朋友说，不光是茶具有讲究，茶叶有讲究，煮茶的水有讲究，甚至四季喝的茶都不一样。而我，只会用最简易的方式泡茶。但，这不妨碍我爱茶。

　　曾经是个狂热的咖啡爱好者，什么时候迷恋上茶事的呢？恐怕是从成为母亲时开始的。当自我被家庭"挤压"得支离破碎的时候，多希望能够找到一种方式，重新感觉到真实和完整。

　　偶然去跟朋友喝茶，看他不急不躁地完成一整套仪式，醒茶、洗茶、烹茶……直到最后以茶汤的方式呈现给我。茶叶在沸水中渐渐苏醒，一点点地试探与活跃，直到尽情绽放香气。奇妙的是，原本急性情的我，却如被催眠般在这片刻的宁静里，体会到了时光的温润，也因此懂得了等待的美。

　　泡茶看起来是件简单之事，似乎只需要两个动作便可：放茶叶、倒水。是人，赋予了茶不一样的意义。爱茶之人，只有将自己的心交托给时间，对世界有置身于自我之外的觉察，才能将其中的能量

默默地交换，直到寻找到自己心中的"茶道"。

茶人桃二曾说，我们能做的事情并不多，很多事是无能为力的，去做你真正热爱的那件事就好了，做着做着，你会发现有光的路，即便只是泡一杯茶。她亦在书里感慨，"茶道的另一层寓意是在路上。它不设限，也不抗拒失去，全然存在于此时此刻，接收到的人将再次感知到的触动、能称之为美的部分，重新放进生活里"。

曾经对她的这句话并没有特别的体会，直到有一次，我与朋友去近郊爬山，渴了，便取一壶山涧清泉泡上好茶。柴火慢慢灼烧着壶底，茶汤柔软的香味传来，心急地喝上一口，感受到由齿至喉的浸润和舒适。身体的苦累在不知不觉中渐渐消散了，日光、雨露与清风，从眼前流入心底，令人难忘的沉静与清澈传递于周身。"擎一盏清茶，对着如黛远山，也能喝出微醺醉意"。

人生不易，但若有能够令自己感觉熨帖的事物，便会由衷感受到力量。这几年难免会遇到难以解决的事情，那些焦虑的情绪、对未知的恐惧，常常在深夜弥漫开来。想痛哭一场，大多数时候却只是默默地泡了杯茶，这个不动声色的动作，是属于自己的小小仪式。

20 多岁的时候也是个受不得委屈的人，稍微有点不快便立刻倾诉给父母，任由他们心急，自己却丝毫不觉歉疚。而现在的我，难过时偶尔会找朋友倾诉，但并不常如此。因为年岁越大，越懂得这

不过是自我安慰,对于消除苦恼一点帮助也没有,倒不如跟自己对话,跟茶对话。

还有什么比面前的这杯茶,更令人自在惬意的呢？它安然又寂静,在沸水里还原整个生命历程给你,蕴含着光阴流转中温柔而不动声色的力量。它是流动的,有"活着的气息"。这气息来自山野,来自树木,来自清涧,来自采茶师傅的郑重与虔诚……它是诚挚的,在每次与爱茶之人相遇时都会付出全部心力。当茶的温度和性格连绵不断地传来,心境平复到安然之中,一些忧愁的思绪,渐渐飘然而去。这片刻的相伴,也在不经意间使我获得绵长而坚定的力量。

饮茶仿若不完美人生中的一段完美。只要手边有茶汤,就有一段好时光。当热腾腾的开水沏入杯中,看着茶叶翻卷重生,仿佛能看到它们在山野中汲取阳光和水露的样子。感受茶叶在杯中的一起一落,以及唇齿留香的小小美意,对于我来说,是疲劳之后的奖赏。无关时间长短,在满足了嗅觉和味觉的同时,能够安静内心,静静地为自己和家人泡茶,这比任何事物都珍贵。

常常在忙碌过后,停留在与茶联结的某一个瞬间,它们沉静丰盈,令人感受到幸福的分分秒秒。就如同今日,铺好茶席,点心是云片糕和玫瑰核桃酥,在普洱、红茶和白茶中纠结了片刻,最终选择了上好的新会柑普。将它放置于老壶中,满室茶果香。此时茶叶本身的好坏就变得不是很重要了,尽情依偎着它的香气,在一呼一吸中让自己的身心静享片刻安宁。有些事情,只有当我们亲身用生命、用时间、用独特的坚持去体验过,才能实实在在地感受到那种无可取代的美妙,只需静静等待,再多的苦涩都阻挡不了甘甜的到来。

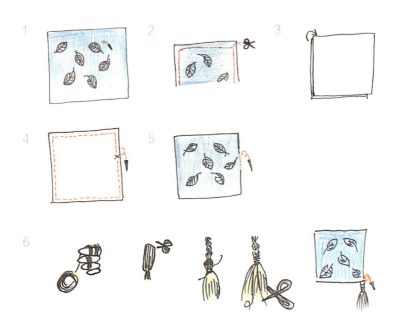

 · 步骤

1 先在布料上用水消笔画好花朵和叶子的形状，绣好；

2 将布料对折，沿绣面轮廓线进行裁剪，获得两块相同大小的表布；

3 正面相对重叠，注意缝线是在布的反面；

4 进行缝合，预留的返口不需要缝喔；

5 将布料里层翻过来，变成正面在外，然后缝合返口；

6 取一些棉线，在手指或者纸板上缠绕成圈，缠绕到合适的厚度取下来；用同色的线在图示位置缠绕几圈后绑住打个结，用剪刀修剪好流苏的长度；把它的顶部固定在茶垫的一角，用针线缝合几针即可。

‹手作›

刺绣茶垫

·工具 ·材料

素朴的布料、针线、剪刀、棉线（做流苏用）、水消笔。

每一份茶点，
于我都是一场盛会

某天晚上，先生突然说："好怀念小时候吃的绿豆糕啊！""绿豆糕？""对啊，红豆做馅儿，放点糖桂花，用一张小巧的油纸包裹着。每次放到嘴里都是凉凉糯糯的感觉，太美味了。"

"想不到你也挺贪吃的。"我不由得好笑地看了他一眼。

"你说现在的这些点心怎么就没有以前好吃了呢？"他不无遗憾的样子。

我记忆里的绿豆糕没有现在的漂亮，就是平平整整、方方正正的一块，没有花纹，也没有馅儿，吃起来绿豆味很足，再混上麻油的香，入口细腻，还带一丝清凉，绝对是记忆中的美味。

先生说罢便睡了，但是我却馋到失眠。清晨便开始在厨房翻箱倒柜，找出食材做了一碟糕点。这于我来说其实并不陌生。在我小时候，妈妈也常常围着灶台，用紫薯泥、玉米粉等食材拌上红糖等稍稍加工，蒸到热气腾腾、冒着香甜味，便是做法最简单的糕点。每每点心出炉，在小巷里玩耍的我们就会飞奔回家。留在记忆里的不仅是美食的味道，也是属于家的幸福感。

　　直到很多年后，我才懂得妈妈的苦心，尽管物资匮乏，却也努力地为家人创造着喜悦，让不完美的生活呈现出微小的光亮。现在的我，也想成为可以为别人带来喜悦和温暖的那一个。

　　于是渐渐地迷上了茶点制作，会随季节更替种类，也会研究食材间的搭配，在简单中展现它们本身的味道。当然也可以去点心铺购买现成的糕点，但总觉得从外面买来的和自己在家花几个钟头做出来的，有着完全不同的价值和口感。比如，我常做的薄荷糕，是在糯米粉里掺入薄荷粉，然后入锅蒸，放凉后在表面撒上青红丝，吃起来又甜又凉；荷花酥，是用油酥面制成荷花的外形，里面裹着莲蓉馅儿，酥松香甜的口感恰似秋日的丰盈。

　　除此之外，不同的茶叶，茶性、茶味有别，需要不同口感的点

心来搭配。绿茶鲜爽，有时口感会有些苦涩，可以搭配桂花核桃糕；而乌龙茶是半发酵茶，口感介于绿茶和红茶之间，用咸鲜的点心来配，能保留茶的香气。现成糕点大多不是为了茶而存在的，亲手制作的才能更好地配合茶性味的不同，那是无可替代的味道。

你看，茶点不仅要好吃，还要讲究色彩搭配，与茶汤、茶器组成和谐画面，还要与季节韵味及茶的口感搭配适宜。尽管这听起来烦琐又伤神，但制作茶点的妙处，不就在于体会将梦幻般的设想变成可品味的现实吗？

制作茶点需要很多道工序，不到最后那一刻，你永远不知道今天的成品究竟如何，所以，每一个细节都马虎不得，每一次制作都要尽心尽力。茶点的品尝则需要慢慢咀嚼、细细品味，才能感受到制作时的功夫和心意。

正如茶道师木村宗慎在《一日一果》中说的那样："待客的心意是最高的细节。"用茶点来待客会友，对我来说是重要的仪式。但如果问我最好吃的茶点是什么，任凭脑海中快进一幕幕影像，却还是难以说出答案。尽管它们大多并不喧宾夺主，只在茶会上静静地扮演配角，但每一种口感都恰到好处，让人唇齿留香。因为有了这些手制茶点的存在，茶会也变得充满了情意。

准备做茶点的那天，从早上开始便有了期待。将食材称量装进小碟子里，分类筛好，蒸煮烘焙……这些都是烦琐的工作，但却并不令人觉得烦恼，甚至有时候还会不自觉地哼唱着小曲。制作茶点对我来说，就像一个过家家的游戏，日复一日的生活也因为这些小乐趣而令人心怀喜悦。

　　比如制作日式茶果子，这些茶点的可贵，在于联结四季。喜欢在春日时分用桃花、梅花等植物的花朵作为主要食材；夏日可以制作晶莹剔透的羊羹，用来驱走暑气与燥热；秋天的茶点主题可以描述夕阳、芦荻、白露；冬天则制作寒梅、莺饼，在感受冬日清冷的同时，期盼着春日莺啼。

　　来我家喝茶的女友常常说，工作很忙碌，反倒是这些茶点经常能提醒她们，原来这时节，外面的树叶已然茂盛，或者已是秋意渐浓。我们一边饮茶，一边聊着近日的琐碎，不知不觉间，这温暖的一隅成了避风港。对于制作茶点的人来说，这何尝不是幸福的一刻。

　　我爱茶点，除了可以在这样的一份份茶点中贴近自然，让味觉恢复敏感，感受四季更迭的细微与美好，也因为我对生活和人情味的挚爱。

　　"请吃份我亲手做的茶点吧"，因为每一份茶点，于我都是一场盛会。

一个人的温柔时刻

自制心形茶包袋

茶叶、茶袋纸或咖啡过滤纸、剪刀、针线。

·步骤

1 倒出一点茶叶，准备茶袋纸或咖啡过滤纸若干；

2 取两张茶袋纸重叠对齐后对折，沿折线画上心形的一半，用剪刀剪出两片心形；

3 将两片心形纸对齐后缝合，注意留一个缺口用来灌茶叶；

4 从缺口处将茶叶灌入心形茶袋包，将缺口缝合，好看的心形茶包袋就做好了。

器物是
时间停住的样子

　　生活中大部分事情细小又琐碎，让人措手不及、心烦意乱。比如，好不容易到了周末，人在厨房做饭，小孩子揪着你的衣服求抱抱，大孩子则把地板变成了乐高基地，小狗需要出门放风，工作微信群里的提示音依旧不断响起……

　　常常在濒临失控的那一刻，深吸一口气，打开器物柜找到一套中意的杯碟，给自己沏杯茶，仿佛在用魔法召唤出储存在身体里的最后一点能量。当闻到茶汤的香味，体会杯碟的肌理与温度，无论这一天是如何忙碌、闹腾、繁乱，也能从中感受到生活所赋予的真实鲜活的美好。

　　和穿衣打扮比较起来，我对器皿的执念更加强烈。喝茶时会格外留意茶具，空闲时也会不自觉地在网络里搜索最新款杯碟，看到中意的便添加到愿望清单里，变成时不时赠予自己的礼物。器物是我的能量来源，也是触手可及的美好。

　　我有中式的茶具，也有西式的杯碟。它们和谐地住在器物柜里，散发出温润静和的光泽，没有珠宝的耀眼，也不会过分矜持。我并不介意在跳蚤市场或者古董商店去寻找这些器皿。真正可以称之为美的器物，在我看来取决于有没有与你的心产生交流。

　　小时候不喜欢材质闪亮的东西，更中意旧的白瓷碗散发出的温润光泽，或是青铜色的门把手因时间久远而产生的轻微磨损的光泽，它们或多或少都藏着故事，也令人生出向内里探究的愿望。不像现在网络上时不时推出的爆款碗碟，繁杂的花色、轻薄的材质与食物的温暖并不相容，很难让人想要拥有它们的陪伴。

　　实际上，每次与器物的邂逅，以及对它们的使用，我都觉得是一场动人的交会。我们赋予了真心，而它们也慷慨地分享了自身的

能量与芬芳，给生活提供了更多的美妙。就像有些人穿衣服，会根据不同的心情、场合、对象来挑选和搭配，而我则喜欢根据要制作的料理及来客的喜好，挑选适合的器皿。萧瑟凋零的冬天，我会挑选带着温柔沉静花纹的景德镇瓷器；富有自然气息的秋季，则摆放一些带格子花纹、底蕴浓厚的英式茶具；而在明朗的春夏日，我喜欢在桌上摆放色彩明媚可爱或者有着花果树叶的器物。

只有物尽其用，才是真正的尊重。用景德镇的瓷器来喝茶，用日本手艺人制作的碗碟盛放甜品，用跳蚤市场买到的小罐子酿制桃花露，制作金橘果酱，用德国出产的双耳铜锅煮竹笋腊肉与友人分享……幸福感往往就藏在这些日常中，给人以妥帖的慰藉。

因为沉迷于器皿之美，我曾奢求以手艺人为职业，但却发现这个词太过沉重，从某种程度上来说，它需要的是信仰。在大理的小镇上，我看到过一位手艺人制作陶器——几个小时里，他一直双手轻轻握住杯子匀速旋转，毫不在意时间的消逝，只是专注于眼前的器物，仿佛旁人都不存在，只有他与作品在无声地交流。

忍不住思忖，这样费尽心力制作的器皿，究竟会与什么样的人相伴？很想与他聊一聊，却始终没有打破那种寂静。我明白一件器物的诞生，对于匠人而言是一次次的自我博弈，无论是技法的极致还是内心的投射。有幸使用它们的人，若只能将它们当作寻常之物对待，而不能以敬畏之心相待，注定会错过这其中的人情味和暗含的缘分，多可惜。

想去感受这种联结，所以每次旅行的时候，我都会尽力安排一些时间，独自跑到器皿商店或者生活集市，看看当地手艺人的风格和技艺。无论是流露出不同特质的茶杯，还是有特殊纹理的碗碟，与它们的邂逅，是自身阅历与审美的积淀，亦是从日常的倦怠中被唤醒的幸运。

与器物的邂逅就是寻找自己的过程，这需要漫长的时间，你会迷失，也会不断地产生新的认知，带着对过往生活的审视。这和恋爱也有些相似，你会通过自身的成长和阅历、心境的变化，而对另一半的轮廓越来越清晰，也越来越坚定。

不知不觉间，我的器物柜里渐渐有了更多心爱之物，即便有些因为使用产生了缺损，我却依然舍不得丢弃，并试图通过接纳这种残缺的美去感受时间的力量。或许很多年以后，重新拿起这些器物，仍然能想到某个悠长的夏日，某个静谧的早晨，想到落雪的冬日午后的一杯热咖啡。

那么，我能做的，是善待每一件器物，敬畏它们背后不寻常的生长，以及与人之间简单而美好的联结。"最好的器物是与人长久相伴的。看着它们，就像在回望某段时光中的自己，以及认真生活的每一天"。

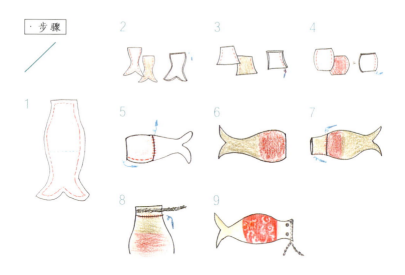

1.画好小鱼的图样，然后依图纸裁布，裁好里布、表布各2片，记得往外延伸至少1cm宽的缝份，方便稍后用来缝合；

2.鱼尾部分，表布、里布正正相对，按红色虚线缝合；

3.鱼头部分，表布、里布正正相对，按红色虚线缝合；

4.鱼腹部分，表布、里布正正相对，按红色虚线缝合；

5.按虚线缝合鱼尾、鱼腹；

6.把缝合好的部分从返口处翻出来变成正面；

7.按虚线缝合鱼头；

8.用麻绳的中段处，在鱼嘴内围一圈；布料内折盖住绳子并留出缝边，沿虚线缝一圈，绳子被布裹住，抽拉即可将束口袋系紧；

9.在抽绳的缝线下面，一左一右缝上黑色小圆扣当眼睛即可。

<手作>

小鱼器物束口袋

·工具 ·材料

针线、布料、剪刀、纽扣、麻绳。

下午三点，
老女孩的茶会时光

　　曾经看过一部纪录片《下午茶时光》，片中的 5 位智利老太太，把每月相聚一次的下午茶坚持了 60 多年。她们在少女时代从教会学校毕业以后，就开始了每月一次的闺蜜下午茶。在这些年中，虽然每个人都在生活中不断地遇到挑战，也会因性情不同彼此争吵和怀疑，但她们从没让自己错过这个可爱的仪式。

　　从年少到古稀，在精心布置的餐桌旁，老女孩们总是以用心打理的发型和妆容出现；日渐老去的她们，虽然脸上已经满是皱纹，但仍努力地让自己看起来精神矍铄。女人们在茶会上回忆过去、谈论家庭、朗读发黄的情书，当然还有八卦和吐槽。这样亲密的茶会时光，填补着她们生活中所有的失落与不如意，也教会每个人懂得理解、包容和陪伴。

　　年岁越大越感受到，生命中能够拥有这样的友谊，是非常幸运的事情。我们无法控制容颜的老去，但友情不会老去，好时光也不会。它们流动而常新，被岁月赋予更加真挚的意义。在被这部纪录片打动的同时，也懂得了茶会对女人们的疗愈作用。至少对我而言，和女友面对面的下午茶时光，是纷繁生活中最妥帖的安慰。

我们的茶会通常选在某个下午。在等待女友到来的时候，我喜欢边听音乐边煮咖啡，红糖肉桂小面包从烤箱拿出来，香橙慕斯放进甜点碟里，应季的花朵开在茶桌之上，古董杯被请出"深闺"，继而被清亮的茶水注满，顿时满室生香，恰如那份期待的心情。

我会把茶具、茶与点心用心地搭配一番。南非香草茶口感轻柔，又带有花果的清甜，适合搭配鸣海的绿色茶杯、味道醇厚的芝士蛋糕；川宁伯爵红茶搭配玮致活春天礼赞黄色缎带系列，以像花朵一样的颜色为底色，配以丝带的纹路，握着杯子的感觉就好像是拥有了浓郁的少女情怀。

有次茶会来了4位女友，于是索性拿出珍藏的一整套皇家阿尔伯特"老镇玫瑰"系列杯碟。这是戴安娜王妃生前最爱的茶具品牌，最为经典的图案是红黄粉三种颜色的玫瑰，用金粉勾勒边缘，流露出优雅的气息。用它来喝茶，女友们都说仿若心里也开满了玫瑰，温柔而美妙。

很多个这样的午后，女孩们边吃甜点边聊聊最近的开心与忧愁，庆祝生日、升职，抱怨不省心的老公，以及永远长不大的孩子。用完茶点之后，我们或拿起画笔，感受四季、节气、植物的变化，或分享最近中意的电影和文字。在这段"抛夫弃子"的小时光里，毫不吝啬地分享自己的感受，彼此鼓励着，要努力活得比之前更美一些，让时光在静默如谜的生活里变得晶晶亮一些。

还记得去年深冬的一个下午，女友C来找我喝茶，原本可爱的她神色黯淡，一眼看去便知她那段日子过得并不如意。看着滚烫的茶水倒入杯底，烦恼如同茶渣，一点点地沉默消散。在那个下午 3 点的时光里，我们放下心防，体会对方的感受，鼓励彼此渡过生活的难关，也以自己的经历给彼此最真诚的建议。

一个月后再次相约，她又变回了明朗少女的模样，不再纠结于某些心结，开始重新审视自己，宽恕别人，并把更多的力量用于自我成长和完善上。这或许就是茶会的意义，不是喝了什么样的茶，而是认真倾听着彼此的梦想、爱情，抑或生活中的苦恼、不想轻易碰触的伤心事，努力想着能给对方什么样的安慰和帮助，如同面对另一个自己。

在那些开心和伤心的故事里，我总是愿意默默起身，泡一壶暖暖的茶给大家添上。"这远远不只是喝茶，而是跟你所爱的人一起共度，分享那些惊心动魄或是平凡无奇的生活。在流逝的时光里，下午茶是友情的加油站，也是生命的加油站。"

那么，试试在茶会中，尽情品尝此时此刻活着的意义吧。感受着彼此的联结，互相关怀对方的状态，重新思考人生的梦想，一起保持对世界的进取心与好奇心。这或许便是我们在茶会中所领悟到的，即便受尽百转千回的困苦，也绝不改对世界的温柔心意。

第一章 慢时光

<手作>

DIY 甜品架

说到茶会，甜品架绝对是最善于营造气氛的器物。若家中没有，我们可以利用盘子和杯子创造一个。

　　传统下午茶餐厅提供的甜品架一般是三层，这样能容纳更多食物，也更有装饰性，你也可以按照自己的喜好增减。最好使用西式平盘，注意盘子与杯子整体颜色的和谐。

　　把准备好的一些小颗水果放进玻璃杯里，还可以把花剪掉茎放入玻璃杯中，起到装饰作用。

　　接下来可以按照大盘、玻璃杯、小盘、玻璃杯、小盘的顺序把甜品架搭起来。最好使用杯口平整的玻璃杯，并将它放在盘子的中间。

　　我这次用的装饰主要是莓果和小雏菊，还挺清新的对不对？

菜市场，
我爱的一碗人间烟火

　　也许人活到一定时间，菜市场会成为生活的安慰，亦是生活的奖赏。

　　周末逛菜市场，这是我多年的习惯。我喜欢挑挑这个，拣拣那个，然后心满意足地提着菜兜回家。一般在路上我就已经开始设计菜单，青椒可以搭配母亲寄来的农家腊肉，西红柿可以和菜花一起炒，丝瓜烧个汤清清爽爽……于是那条本来有点漫长的路，也变得可爱曼妙起来。

　　想起生活了10多年的南方小城，每次去上学的路上总会穿过一个菜市场。小贩吆喝的声音、菜刀剁排骨的声音、讨价还价的声音、大婶们扯起嗓门打招呼的声音……这些声音交织在一起，虽然吵闹，但对我有着巨大的吸引力，仿佛是给吃货的奏鸣曲。

　　在菜市场的各种小摊吃早餐是我每天起床的动力，常常攥着妈妈给的几毛零花，盘算着可以买多少好吃的。吃小笼包还是蛋炒饭，选三鲜米粉还是排骨黄豆面条，这些对于我来说都是甜蜜的苦恼。

第一章 慢时光

我还爱吃各种粑粑，比如苞谷粑粑，一般用黏玉米磨成稠浆，加点糖，捏成手掌大小的块状，然后包上一片玉米叶子蒸熟；还有蒿子粑粑，里面通常是红糖黄豆面馅儿或者腊肉馅儿，放在小火上烤得微焦，散发出诱人的香味。

周末时会陪妈妈逛菜市场。每一个蔬果似乎都伸长了脖子，发出"快来吃我呀"的渴望，在被挑选的同时，似乎也希望找到中意的买主。妈妈一边思忖着菜单，一边认真挑选着食材放入篮子，偶尔侧过身含笑地看我一眼。从忙碌的节奏中暂时逃离，在这里感受食物的美好，期许着为心爱的人做一顿美食，对于她来说是一件很享受的事情，也是每周和我之间的小小仪式。

只是几年后，当有越来越多的小超市可以买到蔬菜时，我不再如同之前那般迷恋菜市场。因为雨后的污泥会弄湿裙摆，鱼的腥味会让空气不再清新，而且比起还沾着泥土的蔬菜，我更喜欢店家帮忙洗净切好的。妈妈每周在门外敲门的时候，我总是蒙在被子里假装睡觉，她轻叹一声离开，独自去逛菜市场，再提着沉重的篮子回来。

很多年后离开家去北方念书，漂泊在外的日子里，我总是会回想起小小的自己在菜市场"晃荡"的画面，妈妈侧身的笑容那么迷人温暖，仿佛是黑暗里的光亮。那时的我独自租住在一个几平方米的小房子，刨除交通费和每日的餐费，唯一的奢侈，就是在周末给自己煮一顿好吃的饭。

于是，我与菜市场重新有了联结。不同的是，在南方买菜，青菜可以一棵一棵地买，水果可以一个一个地挑，肉可以只买一顿饭的量；但在北方，如果这样做，大概无异于砸场子。还好在收获无

第一章 慢时光

数个白眼后，终于有了相熟的菜贩，不管要多少也乐意卖给我。

"茭白原来长这样哇！""红薯叶子也是可以吃的？"终于决定好了要买什么，付完钱准备走的时候，相熟的摊主递来一个塑料袋，"不怎么新鲜了，不嫌弃就拿着。"她笑眯眯地挥挥手，令人没有拒绝的理由。拿回家打开，却发现是棵无比新鲜的大白菜，再翻翻，里面还有一把小葱。

也许从那时候开始，一座城市的菜市场对我来说，不仅是关乎"今天吃什么"和"今天怎么吃"的脚踏实地，还有一些暖暖的人情味儿。它让一颗漂着的心重新落地，更令人相信，越是对生活充满未知，越是要好好地吃顿饭才可以啊。

后来我开始领到工资，虽然微薄，但也足以让我从半地下室搬到了楼上。每当早晨打开窗，呼吸着新鲜空气时，总是会觉得一切都充满希望。尤其是新家旁边也有个菜市场，每次下班回家，总会迫不及待地蹦进去，挑选自己心仪的食材。肉在案上、菜在篮里、瓜果甜蜜，各种菜市场独有的吃食，以及小贩摊主们的私家菜谱，让工作一天后的疲累、委屈和辛苦都消失了，只感受到那股子动人的烟火气。周末的时候花掉一百块的巨款和朋友挤在小房间里涮羊肉，把音乐开得大声，彼此笑笑闹闹，身体里所迸发出的能量，变成了在这座城里停留下来的希望。

即便是后来遇到先生，换了更喜欢的工作，住进环境更洁净的小区，继而有了两个小孩，菜市场依然是常常去逛的地方。只要站在菜市场中央看着周围熙攘往来的人群，聆听着生动鲜活的叫卖，就会把我从烦人的困顿中暂时解放出来，让我的内心感觉到平静安宁，愿意与这个世界彼此靠近。

是的，菜市场不光有今天的晚饭和明天的粮食，还有朝气蓬勃的生机、横冲直撞的烟火气。无论郁闷、沮丧、难过，抑或是想家时，去菜市场拖一堆菜回来，看着食物由原材料变为一道道暖心的美食，就会让我与记忆中的爱和温暖重逢，也会让我与生活真正和解。

<手作>

自制文艺范的餐布和茶巾

· 工具 · 材料

布料、剪刀、针线。

1

准备质感稍硬（最好是可以防水）的布料，裁剪为长方形；将裁好的布料反面朝上，四条边各留出 1cm的卷边往上折叠，用同色针线依次缝边；

2

准备质感稍硬（最好是可以防水）的布料，裁剪为长方形；将裁好的布料反面朝上，四条边各留出 1cm的卷边往上折叠，用同色针线依次缝边；

每两条缝边交汇在边角时，可以将覆盖在上面的那个边角往内折叠形成一个小三角，然后缝合，令整体更加精致；

3

餐布基本完成，可以依照自己的喜好再加些装饰，比如缝几颗纽扣或加一条花边等。

47

睡前的仪式感

　　很赞同一种观点，认真地生活就像恋爱，是最有效的可以看清如何与自己、与他人、与世界相处的观察方式。而这份真心，亦可以化为美藏在分分秒秒里。

　　比如，度过忙碌的一天后，每晚临睡前的时光就是我最放松又最郑重的时刻。此刻我喜欢用一些小小的仪式，庆祝自己度过有惊无险的一天，同时也怀抱着对明日的期许。

　　往往是在晚餐之后，先生照旧在书房工作，孩子们陆续躺在床上，陪他们读完几本绘本后，关掉台灯。属于自己的时光就此开始，是时候放下所有的疲惫和焦虑，闭着眼睛去体会和觉察身体传递过来的信息。

　　梳理当天让自己生气和焦虑的事情。很多时候，我们常常被这些事情所困扰，甚至影响到入睡的心情。对于我来说最好的办法就是，解决可以解决的问题，而当下不能立刻处理的，便先接受它的存在。把没完成和担忧的事情写下来，记在一个好看的本子上。告诉自己"没

第一章 慢时光

关系，天不会塌下来"，让内心那个烦恼的自己一点点放松下来。

放下迫切的心情。忘记正在等待更新的公众号，其实读者没有想象的那么在乎你的文字；忘记洗衣机里衣物的堆积，放到明天再洗又如何；忘记为孩子们准备的采购计划，明日再做也不迟……此刻，我只需要对自己负责。

当内心平静之后，开始进入睡前冥想，这是一种让人重新获得能量的秘密武器。放空杂念，专注呼吸，然后让自己的身体、头脑、心灵都准备好，感受胸腔的扩张，让气息徐徐地充盈着身体，就像一束光，一点点渗入身体的每一个角落，慢慢感受它的放松与自在……或许 10 分钟之后，无论是僵硬的脖颈、酸痛的头部还是疲累的心，都已被疗愈和安抚。

冥想完毕后，属于我的芳香之旅就开始了。在卧室里点上香氛蜡烛，或是插上无火熏香，或是用几滴精油，让自己置身淡雅的香气里，焦虑的情绪不由得慢慢消散。和大家分享最近喜欢的两款香氛：清淡温润的香氛蜡烛，前调的橙花和玫瑰优雅又清爽，带出中调的越南晚香玉香气，带来舒适的感觉；在琥珀、雪松和檀香中加入了香草的无火香薰，很适合夜晚，它有着淡淡甜味的香气，复古简约的配色非常优雅。

泡浴是最享受也最放松的芳香疗法了，借由水温的媒介和水蒸气的挥发，让身心彻底放松。把最近拔草的奶油糖果浴球放进浴缸，浴球的主要成分是香草油、杏仁、可可粉和黄油，融入水中便会变成粉色的奶油泡泡，香滑细密，置身其中就能重拾少女时代的甜美心情。

我总愿意在衣柜前纠结会儿，根据季节和当时的心情选择不同颜色和材质的睡衣。夏日可以是莫代尔或真丝，冬日的话选择全棉材质。淡雅清新的睡衣有安心宁神的作用，可以解除劳累感，也让身体传递出美好的感觉。

接下来，无论是认真地梳梳头发，读一本等待很久的书，还是喝一杯淡淡的花草茶，或者写写未来的计划，听听经典的老歌，都是辛苦一天后的小惊喜，值得去细细感知体会。沉浸在其中，就如同一个捧着糖果的小孩，连烦恼都不忍心打扰吧。

周末是主题夜晚，当孩子睡下后便会愉快地专注于电影、阅读、画画、刺绣。对我来说，只要留下一盏台灯，投入到自己的小世界中，内心便能平静得如同温暖而缓缓流动的水波，源源不断地将能量赋予内心。

此刻，窗外很安静，置身于温柔的平和之中，一切都如同按了暂停键，向全世界和自己道声晚安吧。

< 手作 >

干花香熏蜡烛

·工具 ·材料

豆蜡、各种干花、玻璃杯、烛芯、量杯、加热炉、铁丝、胶水、剪刀。

1

把豆蜡放在量杯里，用
加热炉加热；若没有加
热炉，可用锅隔水加热；

2

用胶水把干花固定在玻
璃杯内部，粘的时候注
意花的姿态，胶水也不
要涂得太多；

3

把烛芯放在杯子中，并
用铁丝固定灯芯；若无
铁丝，也可以用两根筷
子夹住进行固定；

4

倒入融化的豆蜡；

5

等蜡凝固就可以啦，记得剪去多余的烛芯。

有花的时光，便是元气少女

　　童年时每年暑假都会住在乡下外婆家。在这个南方的小乡村，无论是树林里、田埂边还是小溪旁都生长着各种花草，没有人去照料，却每年都会长新芽，开大丛大丛的花。常常在做完作业后的黄昏，随手采摘一把小花胡乱插在喝光的玻璃牛奶瓶里，双手托腮静静地欣赏它们。面对美好事物的喜悦，这是人的本能。

　　也许从那个时候开始，发现花草们的世界是如此丰富，它们的气味和形态各自并不相同，却都有蓬勃的生命力。外婆去世后，我再也没有回过那个乡村。住在城市的高楼中，每天忙于各种学习，与花草的联结便这么中断了；直到很多年后带着两个孩子搬到郊区，有了一个带着小院的房子。

　　在院子里开辟出一块小菜地，睡房旁边的露台被用来打造成迷你花园，栽种各种喜欢的花草。芍药是初夏的贵宾，而月季则属于相识经年的闺蜜，铁线莲、雏菊等都有自己的归属地。每天早晚我都会观察它们的生长，定期给它们修枝除虫，像是一种很自然的生活习惯。就如同小时候也喜欢去看菜园，然后兴高采烈地跟外婆报告新结出了几个瓜。

留恋每朵花的形态，也愿意让它们以美好的模样继续绽放着，喜欢插花便是起源于这样的心情吧。最初所用的材料都来自花市，每周捧一大束回家，排列组合成自己喜欢的样子，小心地修剪后放入清水，也将自己的好心情盛放进去。后来自己栽种的花草逐渐增多，我开始使用自产的花材，但总是等到它们快要凋落的时候才会忍痛把它们剪下来插花装点。让花朵在它茂盛的时候离开生养的根基，总觉得是件令植物伤心的事情。

"坦白地说，正在生长的春天的草花，我倒觉得不必剪下来，最好欣赏它在原野盛开的美丽。相反，我认为秋草应该剪下来插花，让它成佛。每当我发现原野里盛开的秋草，并将它插入花器时，我就仿佛看到度过质朴人生的名配角们最后的盛装，深感悲凉。"（摘自川濑敏郎《四季花传书》）

买了川濑敏郎先生的书，在其中学会了简单的插花技巧。比如剪枝时，要浸在水里面斜剪；如果一枝花脱水太久没有什么生气，就把整个枝叶放在水里面浸泡一段时间，让它恢复元气；要去观察别人的作品，感受对方"思考"的角度、环境、材质、意图，以及运用了哪些技术和结构。

在某一领域学习得越深入，越发现自己的无知。即便同一种花材，颜色和味道不同，传达出的空间气质也不同。不受拘束的花器，繁茂或孤寂的枝条，浓淡相宜的花色，疏密有致的叶片……如何能够通过思考把花的美丽最大限度地发挥出来，才是插花的本质。

起初中意于选用古老、质朴的器皿当作花器，最好它恰好有点故事，后来发现其实生活中随手可得的小水杯、饮料瓶都可以用作花器。矮瓶里面适合插枝叶短小且花朵偏大的花，这样会有稳重端庄感；相对应的，细长花器则适合枝干稍长的花，显得亭亭秀美。它们所呈现出的日常美感，内敛却又拥有动人的力量。

　　实际上，只要用充满喜悦、乐于发现的心，就可以创造出装点生活的美好。我常常找同色系的不同花材搭成一束，不需要特别讲究，只要在颜色和花材的选择上注意层次。比如用一支大花苞配点状的花材；或者选择渐变系花材，浅粉到深粉，深绿到浅绿。这样插出来的花束有呼吸感也有生命力，也会节省时间和气力。

　　插花，是与自然对话——无论是用当令的花叶展现花叶美丽的自然状态和季节感，还是用生活中那些不起眼的野花杂草、阳台上的绿植果蔬享受日常。插花，也是对生活的表达，关于旅行和故乡的记忆，画过的水彩画，阅读过的文字，记忆深刻的电影，一切都可以是灵感之源，将生命形态装饰成"美"，继而感受到生命的珍贵。

　　我期许自己可以尽情地感受世间万物，多去做不同的尝试，接触那些美好的事物，创造尽可能美妙的生活。

　　插花只是一个小小的开始。

第一章　慢时光

插花小小技巧

容器选择

需要考量颜色、形态和质地。常规的花器多选择陶瓷、竹木、玻璃制成的器皿。而花器最基础的功能是盛水，所以日常生活中任何可盛水的器皿，如碗、盆、碟、杯，甚至废弃的瓶罐等，都可以成为花器。

剪裁花枝

我一般会用专门的园艺剪刀来斜剪，去掉花枝末端约 2cm 的花茎，使切口平滑增加吸水面积。新鲜的花枝要在晨露未消时修剪，将花枝浸入水中的一部分的叶片剪去，防止引起腐烂；剪后要立即插入水中（选择洁净的水），以免因失水过多影响花束的寿命。

挑选花枝

我喜欢选择花朵尚未完全盛开的花枝，枝条上还带着一部分叶片和含苞欲放的花蕾；盛开、半开的花朵和花蕾要相互搭配穿插，并尽可能避免使用已经盛开足的或生命力短暂的花，防止陈设上去却只留下短暂的美。

插花方式

选择一些时令性较强的花草来美化家居环境，一瓶之内主花材最好只选一种。将深色和大朵的花定为主角，衬托它的配花配草就应用淡色的。

第二章

· · · · ·

简时光

重新爱上你的家

　　也许这世上大部分人都曾在生命中的某一刻，讨厌过自己所居住的地方，如我。

　　在全家还没有搬到郊区之前，位于城中的家并不大，生下第二个孩子之后就更显拥挤。东西开始越来越多地堆积在家里。我常常在收拾的时候心情烦乱，受够了它的杂乱和灰尘，以至于每天都想着要立刻搬走，并因为没有足够的能力马上实现而沮丧。

　　我把所有对生活的不满都归结于这个房子，时刻幻想着如果有一个漂亮的新家会怎样打理它，怎样让它光彩照人。这样的念头让我对当下住的房子愈发不能容忍，任凭客厅堆满杂物也只是潦草收拾，也不在乎露台上那几棵仅存的小花苗，在日复一日的抱怨中消耗着对这个家的爱。

　　直到有一天，孩子从幼儿园回来，带回来一张画，歪歪扭扭地用蜡笔画了他眼中的家。电视里放映着小猪佩奇，餐桌上摆满美味食物，瓶子里插着鲜花，书架上都是他喜欢的绘本，爸爸妈妈微笑地坐在沙发上……这是他眼中家的样子。我厌倦的一切，却在孩子笔下如此动人。

从什么时候开始变成了这样？我突然醒悟，家没有大小，是心有大小，是因为欲望而失去了对生活的真心。

这是先生在 10 年前买的第一套房子，也是我们的小窝，是具有重要意义的地方。回忆起搬进来的第一天，我惊喜地感受着这个房子的每一寸空间，领悟着它的种种可爱。厨房结构很好，有足够的地方放置烤箱；卧室有着大大的飘窗，足以闻风听雨；客厅的木地板是喜欢的花色，柔软耐脏的沙发很适合窝在上面追剧……这些与生命产生过美好联结的时刻，却在对生活的麻木和倦怠中渐渐被遗忘了。

有渴望并不是坏事，但并不意味着要把一切所得都当成心安理

得，失掉发自本心的敬畏与感激，而让日子陷入闷闷不乐之中。我想要重新欣赏自己的家，努力记住最初的喜悦和快乐。或许它不够豪华奢侈，但却是很多年前，每次下班后疲惫地坐在公交车上，透过窗户看着万家灯火时最想要获得的心安之所。

与家一点点地重新建立联结，而不是沉浸在抱怨和幻想中。找出当下的不满，然后一点点地去改造去解决。很多事物若换个角度去思考，就会得到不一样的感受和体验。

我把客厅按照功能划分为不同的区域。多余的柜子挪开，用围栏设置了小朋友的游戏区；沙发旁边添置了一个移动书架，用来放置最近想要阅读的书籍；厨房的墙壁上装上了木质挂篮，这样调料瓶看起来整洁有序；卧室飘窗安置了坐垫和小桌，可以用来吃早餐和阅读。

心心念念的户外花园没有也没关系，因为有一个阳台啊。它虽不甚宽大，却是我独享的空间。为了照顾此前未曾重视过的植物，特意买了园艺手套和工具，播撒上种子，栽种上植物，为它们喷洒营养液，除虫，让花朵和蔬果健康茁壮生长；买了一套好看的桌椅，让自己可以从容地在阳台上喝咖啡；还添置了一台缝纫机放置在角落，让烦恼与杂念都在一针一线中渐渐消失。

以前，这些都是不起眼的地方，而现在却成了生活中的主角。每晚临睡前都会花费时间来为它们做一次整理，看着我整洁的家，心情也变得整洁可爱了。原来家的每一处都珍藏着你的快乐，也包含着过去、现在与未来。重要的是，你需要记住未得到时的那份期许，为它付出的辛劳与时光，以及你在其间获得过的喜悦、感动与温存。

　　尽管后来我搬到了有着小花园的房子，却仍会心怀感激地想念起第一套住所，并时刻提醒自己要虔诚而谦卑地对待每一处家。它体会到了你的幸福，包容了你的脆弱，也感受到你最真实的生命状态。当你选择与它建立心与心的联结，便不会再让一切那么凌乱不堪，会想出让它们妥帖整洁的办法，做家事也不再是一件为难痛苦的事情——会物尽其用，尽可能让每一个角落都可爱起来；会不自觉地收藏家居器物的网页和店铺，主动积极地展现一种生活的质感。

　　不管房子大或小，买的还是租的，请认真善待它，感谢它给予的照顾、体贴与温暖。这种情感越真挚，你得到的回馈就越多。当你爱上自己的家，你才会真正爱上你的生活。

一个人的温柔时刻

<手作>

自然简易的日常插花

　　在我看来，自然系的插花就是细细地去感应身边的植物，顺应时节去选取当下的花朵与果叶，不拘泥于器物的形态，顺应心境去修剪和搭配，最后呈现出你觉得美的形态。

水杯插花

· 工具　· 材料

毛茛、玫瑰、香雪兰、巴西叶等花材，水杯，花剪。

　　毛茛色彩丰富，插花时要注意色彩协调，选择同色系的花朵进行搭配；其花型层层叠叠，适合搭配简单的花草。

　　首先拿出方形水杯，剪裁好花材，把巴西叶放入，绕水杯内壁一周摆放，注上清水；取一两枝玫瑰放入，确定好位置，再将盛开的橘色与粉色毛茛插入水杯中，调整好高度；插上优雅宁静的香雪兰，再配上一点其他花草，这件简单的作品就完成了。

竹篮插花

· 工具　· 材料

玫瑰、毛茛、小雏菊、蜡梅、香雪兰等花材，竹篮，塑料膜，花剪。

　　在竹篮里铺上塑料膜；裁剪好花泥放入，浇入适量清水；先插入玫瑰，确定好位置；依次加入毛茛、香雪兰、小雏菊、蜡梅等，调整好高低起伏的层次感，这一篮子好看的花就可以绽放在家中了。

用好物滋养出最好的你

　　当下的时代，一掷"千金"是再容易不过的事，而买到真心喜欢、想要日日使用的器物却并不那么容易。

　　前几日，在经过一番苦恼的选择后，我终于购得自己心仪的茶壶。从店铺走回停车场的路上，紧紧抱着；开车回家时，把它放在车里最安全的位置，生怕稍有闪失便会失去。回家后如释重负地取出来，细细擦拭一番后仔细观摩与体会，沉浸在这令人满足的喜悦中。

　　以前虽然也不定时地带些心仪的器物回家，但因为知晓这份珍贵，更多的时候是把它们藏在柜子里。攒了很久的钱终于买到自己心心念念的茶壶，却因为怕碰坏舍不得用。直到朋友来访，看见我过分小心对待它们的模样，忍不住笑叹说，尽量使用，才是与器物相处的诀窍。因为担心会打破而将优秀的器物藏于深处，对于它们来说，也会觉得伤心吧。

　　当美发自自然，并且成为生活的一部分时，才是真正与你产生了联结。或许是从那天起，我意识到器物如果不用，其实是对它们最大的遗憾，而我们自己也变成了一个可怜的保管员。于是我试着将好物用于日常，那些器物开始出现在日常餐桌、点心时间，还有小朋友的茶会，总觉得如果器物也有灵魂的话，这时候，它们的生命才算是真正开始吧。

当你习惯了使用好物，就很容易被它们所散发出来的生命力所征服，会在生活中不自觉地更注重当下，郑重地对待每件事物，会用尊敬的心情去度过每个时刻。因为它们就是成就"家"的道具。这些喝东西、用餐、聊天时陪伴的器物存在于时时刻刻中。当好物正是朴拙的日常之器时，自然感受得到认真生活的热忱之心，也编织着属于这个家的记忆。

"每件器物，哪怕只是案头摆件，它的灵魂本质必定会因为使用而闪闪发光。"（摘自良遇《良工美物》）如果你身边的事物都是自己喜欢的，你就会真心爱护它们，让它们成为自己的终生伴侣。

就拿买衣服来说，现在会愿意拿买十件的钱来买一件品质、剪裁、质地上乘的"好物"，这样不论时隔多久都是衣柜里幸福的所在。很多款式过时、质量一般、无论如何也不会再穿的衣服，狠狠心把它们都丢掉或者捐出去，给衣柜留下足够的空间。现在的我想要的，是让人穿上去变得更好的衣服，而不是为了拥有更多或贪图打折促销所买的衣服。

同样的道理，无论是床单、碗筷、茶具等，我都会在自己的能力范围内选最好的。穿着讲究体面的衣服去做普通的事情，而不是非要等到重要的约会才舍得穿；将最好的器物用于日常，而不是一定要等到某个纪念日。随着时间的推移和使用次数的累积，它们身

一个人的温柔时刻

上好像也附着了你的灵气。

相比刚买来的崭新的东西，现在的我，更喜欢经过使用而慢慢变旧的物品，甚至很期待它们的变化，就好像我们一起共同度过的生活。人和物在时间的守望之中，因为使用才会彼此心心相印，否则便无法产生更加深刻的联结，也会错失很多好时光。

我不再总去掂量自己值不值得，也并不相信时光会把最好的留在最后。当下的我，便值得使用所拥有的最好的东西。更重要的是，在这样的过程中，会更加相信自己值得拥有这些美好，也会因为想要拥有这些而不断地成长。

美物最终都会反作用于你的潜意识，让你为了自己能够匹配美好而更加努力。生活的大道理和日常琐物之间，存在着潜在的相通之处。活在当下，成为更好的人，吃健康的食物，用体己的器物，穿有质感的衣服，让生活因为这些美妙而变得熠熠生辉，也让我们所经历的每时每刻都无可替代。

终生用好物，这不是一瞬间的闪念，于我，是一辈子的执念。

收于心，纳于情

常常想，如果有一个地方可以叫作"城市之光"的话，那一定是书店吧。它就那样温柔坚定地立在那里，将那些不需要很多钱，不需要很多幻想，触手便可及的美好，一点点变成心里的光亮。

每次逛书店都会捎上几本回家，然后随意放在架子上。只是过不了多久，书柜就变得凌乱无章。有天乱到自己实在看不下去了，终于下定决心要彻底整理书柜。于是某个深夜 11 点，先生推开书房的门，看到蓬头垢面的欧巴桑埋在一座书山后面，无助地看着眼前的几百本书。

直到那个时候，我才意识到"啊！书好像买太多了"。之前的日子，遇到顺眼的书便带回家，丝毫不考虑这是不是自己真正愿意留下并珍藏到老的，或者同类型的书籍已经足够多，究竟有没有重复购买的必要性。

比如某个阶段我对日式茶点和果子感兴趣，时常幻想着自己像匠人大师一般做出精致的点心，几次书店逛下来，和果子类的书已

经堆了不少。而事实上呢？直到现在还有几本没有拆封。整理时我还惭愧地发现了数本英语书，从单词到语法一应俱全。但里面大部分的内容都未曾阅读过，只是放在一起假装自己很努力。

直到凌晨 3 点我才整理好书柜，头晕眼花地瘫倒在床上，决心要改掉自己的集书癖。书的用途是为了让人透过上面的文字获得所需的信息，或体验阅读时的快乐。如果充斥太多看似满足实则杂乱的东西，反而失掉了这份趣味。况且若你真懂得了它的价值，即便书本身不存在也没有关系。

想让书柜里只留下令人心动的文字。把过期杂志筛选一遍只留下精华，不再需要的书送给了可能喜欢它们的人。真正需要的内容剪下来放入剪贴簿，或者拍成照片用电子化管理，是减少混乱的有效途径；也可以把一部分书放在网络闲置平台上出售。

虽然收拾"很麻烦""费时间"，但只有如此，物品才能完成新陈代谢，能量亦才能真正地畅通无阻。曾在一本收纳书中读到，书柜的最佳收纳量是八分满。只有留出余量，才能随时接收新的书，如同让自己有机会不断接收新的信息与知识。

同样的道理适用于家里的每一处空间，给每一处都留点空白，否则它会在不知不觉当中变得闭塞拥挤，失去了新鲜的气息和生动的灵魂。

如果生活太拥挤，或许不是因为房间太小，而是因为杂物太多。不如试着把繁杂的东西慢慢丢弃，浮现出来的，才是能够真正带给自己快乐的，也是一直追寻的东西。至于那些不会再碰的物品，不

如让它流动起来，是放弃，也是一种重生。

　　曾经密密麻麻地堆着很多书的书房，现在变成了一个可爱的阅读空间。感受到了收纳带来的喜悦后，我也养成了定期打理杂物的习惯。不光是书房，每隔一段时间便把家里的非必需品都清理出去，顺便改改自己的重度拖延症。不再随意去购买物品，而是先确定自

一个人的温柔时刻

己的心意，鉴别出自己真心想拥有的，再沉淀一下购买的想法，最后把真正喜欢的带回家。

很多时候我们不愿意做出改变，不是现状有多好或自己多恋旧，而是因为内心不够充实，只好用不断买东西的方式来填补它，因为"可能总有一天会用到"。但是，当你害怕错过的时候，可能会错过更多美好。

直到现在，我还会时不时地想起那个深夜，怀着抱歉的心情将那些再也不需要的书整理在一边，并且终于领悟——人生的安然自在，从来都是建立在简单的快乐中。

<手作>

万能收纳包

·工具 ·材料

一块较挺括的布料、花边、蕾丝系带、针线、珠针、剪刀。

1

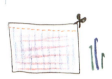
把布料的反面展开，确定一下钩针或画笔的长度，修剪多余的布头；

2

上下端沿图中虚线位置折叠并用珠针固定，下端作为盛放钩针和画笔的笔袋；

3

在下端笔袋的边缘处缝上花边作为装饰；

4
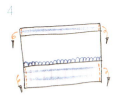
将上下端折叠的部分分别在两侧缝合；

5

笔袋部分可划分为两到三个部分，分别在分隔处缝一条线，这样就可以分类收纳了；

6

将笔和钩针放入缝好的收纳包中，把收纳包卷起来，用蕾丝带子系上，收工哒！

善待每一个小角落

常常害怕遗忘那些看起来最具有意义的时刻，但我发现，最终留存在脑海里挥之不去的，是和那些迷人角落有关的画面。

村上春树对于小确幸的描述中，总是与那些看起来微不足道的小事有关。买回刚刚出炉的香喷喷的面包，站在厨房里一边用刀切片一边抓食面包的一角；或是一边听勃拉姆斯的室内乐，一边凝视秋日午后的阳光在白色的纸糊拉窗上描绘树叶的影子……在我看来，家中那些不起眼的地方，就和这些小确幸一样，往往是一个家里面最吸引人的部分，真实呈现着主人对于家的态度，以及生活的情趣。

喜欢在家里设计出一个舒适角，这是属于自己的安心之所。最开始是阳台，这是整个家中视野最好最开阔的地方，只用来晒衣服和堆放杂物未免也太可惜了。于是将杂物移开，种些花草，添置了一套北欧风格的书架和桌椅，便成了我常待的地方。

春末闲适的午后，会把桌面收拾干净，铺上和花朵相配的桌布，翻开自己喜欢的书，沏一杯热茶配上点心，度过心仪的下午茶时光；

冬天的窗台下，喜欢在飘窗上铺上毛毯，放置一个迷你餐桌，在厨房里忙活一阵后，端出烤箱里热乎乎的红豆餐包，或是再煮一杯坐炉奶茶，加上自己熬制的黑糖珍珠。

亦喜欢在角落里摆放美丽而有生命力的植物。秋冬会在花市购买花材，而春夏则会在自家的小花园里采摘。往玻璃瓶中装上清水，按照花朵本身的丰富、层次和存在感，修剪花枝放入适宜的瓶中，拼插出不同空间结构的美感。虽然最省心的做法是在花店买花束成品，但我总觉得自己修剪才好似建立了与它们的联结，这些小小的插花也会展现出自己的审美。

有时候画出满意的作品，会装裱好放在茶几上，即便不完美也会每天定睛看一会儿，角落也因此变得生动而富有意义。最初画画也许是想要临摹，现在却想要记录自己的生活，甚至想在画中创造自己的生活。当你为这些角落添置了打动自己的物品，它也会回馈你创造力、生命力，以及和谐舒适的氛围。

也许家里的空间比较有限，你也没有太多的精力去打造一个角落，但只要把家中的陈设稍加变换，或在布置上花费一些小心思，也可以让它成为惬意舒适的地方。

去年夏日光照强烈的时候，我在角落里摆一张小桌，沙发边放上一个触手可得的小书架，用来放置书籍和杂志，最重要的是随手拿取也很方便，再添置一盏简约又温暖的灯。于是，读书时最爱的角落转移到了这里，很多写字的灵感也都是在这里迸发的。

在空间里尝试做一些变化，你会发现一切都变得不同。比如客

一个人的温柔时刻

厅的角落划分出一小块区域，放一张地毯，不需要加装隔断，就自然地将空间区分开来，既美观又实用。椅子坐得厌烦了，可以挪到地毯上，在墙角放个大毛绒玩具，直接倚靠在上面阅读或者追剧。如果有孩子的话，可以在上面搭建一个小小的帐篷，里面放置他们喜欢的玩具和书籍，大人孩子都有各自的空间。

所谓的"舒适角"，在我看来并不局限于一个让你可以放松的地方，也可以是你的精神角落，或是你的灵感源泉。

风轻云柔的午后，阳光透过窗台筛落满室的温暖，窝在柔软的沙发上看书，或坐在桌子旁写字画画，厨房的岛台上刚出炉的焦糖奶油卷散发着好闻的味道，玫瑰躲在露台悄悄地冒出花苞……家不只是生活的居所，更是能让人舒适地"虚度光阴"，消散一天的疲惫与躁动的所在。唯有连细微的部分都能忠于自己想法的家，才会让人想要一直住下去。也因此，用心让角落呈现出动人的样子，每一次都是自我的坚持，却又是无尽美好的享受。

也许人人都需要这么一个地方，用于安放疲惫的内心，在其中遇见不容易被人发觉的乐趣，也能让人拥有往前奔跑的动力。打造角落的玄机，大抵如此。

<手作>

用零碎小物创造乐趣

纸胶带

纸胶带可以说是为 DIY而生，拥有它可以给生活带来很多可爱的气息，比如制作复活节彩蛋。

取一个鸡蛋，开个小孔，倒出蛋液后便可得到完整的蛋壳；或者直接买个塑料蛋壳。在纸胶带上剪下印有彩色植物图案的部分，剪的时候要注意仔细地沿图案边缘剪，最好不要有任何缝隙。

先设计一下图案的摆放，确定好摆放的位置，再将图案贴上去，独特的彩蛋就诞生啦！将做好的彩蛋放在蛋托或者小酒杯上，摆放在房间的角落，等待小伙伴们的欣赏吧。

贴画

我收藏了很多贴画，因为可用的地方实在太多了。比如家里有很多根插电的线头分不清楚，这时就可以把不同的贴画粘上用来区分。

还可以剪一张小小的卡片，用彩铅或水彩画上图案，写上客人名字后，再贴上贴画。在卡片一角打个小洞，然后系个麻绳，便是时髦又有新意的名牌，适合各种聚会和派对。

缝纫装饰边角料

常常会在做衣服的时候买一点点缀物，没用完便会收藏起来，有时候会有其他妙处。比如制作客人座位卡的时候，取一朵小珠花用万能胶水点缀在卡片上，卡片瞬间会精致很多。

家，需要用心
才能享受的地方

　　我喜欢的家，往往有一份自在之美。不需要很大，居住起来却很舒适，选用的也都是些能 "一起生活" 的器物，人在其中，可以安心踏实地建立和累积起自己的生活。

　　幼时看周围人的生活，房间格局不同，院落或大或小，但隐隐觉得它们之间大同小异，有着一样的风格，一样的器物，甚至连煤炉的位置都一模一样，居于其间的人，或许没有意识到任何一种改变都意味深长。

　　但父亲却不会。每隔一段时间，他便会把平日里看腻的沙发、椅子等家具乾坤大挪移，再添置一些他省吃俭用不知从何处淘来的器物。奇妙的是，每次经过他用心的变换后，尽管还是小小的房子，对于我们来说又是新的模样了，每个人也都因此拥有了焕然一新的时光。

　　用心布置家，这是父亲坚持了一辈子的事儿，只为让深爱的人感受到自己的每一寸心意。在他看来，家里的每个空间都值得用心布置，每个角落也都渗透着美学的奥妙。是啊，环境何等单纯，会根据你的态度给予相应的反馈。当你相信美好的事物是这个世界的根源，那么生活也会因为这份用心而给予你小小的，却无比重要的温暖。

家是需要诚实面对自己的地方，亦是最好的疗愈之地。当人们用心注入情感和时间，所见便会是柔软的、灵动的，居住在其间的每一个人的心流，也都会变得无拘无束。无论在外多么疲惫辛苦，只要回到这里，就能自自然然地放松下来。

在妈妈眼中，做饭尽管是件寻常的事情，但也应该认真对待，因为这是家很重要的功能，是最能带给家人温暖的方式。

小时候每到放学，便会以最快的速度穿过大街小巷，坐在家里的饭桌前，吃着她做好的美食。她常说，早餐是开场，晚餐是大结局，要认真地吃每一顿饭菜。尽管收入微薄，她却努力在菜市场买到健康美味的食材，再想尽办法做成全家人都喜欢的菜肴，让我们的记忆里充盈着关于食物和家的美妙记忆。

吃饭是一件快乐的事情，并非填饱肚子就好，这是从小便懂得的道理。拥有自己的小家后，我慢慢学会做饭，还常常认真地摆盘。我想像妈妈当年一样，将食物变成抵御烦恼的能量，也让它成为家人之间的联结。

让这个家变得更加温暖有力量的，还有那些称手的杯碟、恰如其分的置物架、小巧精致的瓶瓶罐罐等。总觉得它们会让人产生一种安定平和的心绪，似乎并不仅仅是器物，还是陪伴着我日日夜夜，见证了我的喜悦与孤独的朋友。

我还喜欢在家里放置植物，根据各自的性情去照顾它们。花草日渐茂盛青翠，让这个小小的房子充满了活力，心也在和花草的互动中得到滋养。听说过一种可爱的说法，"有生命力的花朵是会讲话的"。所以会尽量用真花来装点家，这样客人来时会感受到被认真对待和尊重，即便独自在家，也能感受到它们的召唤。

料理庭院时剪下即将凋零的花朵，放置在装满清水的瓶中成为插花，这些都是并不困难的事情，却足以让人在缓慢的过程中体会自然的美感。去花市感受一下应季的花卉，看看当下最漂亮的花是什么，内心充满喜悦。在我看来，植物绝不是可有可无的物品，让家里被花朵装点，不是规定，而是一种乐趣。

无论是清洁扫除、洗晒衣物还是摆弄花草，这些都是心甘情愿在家里做的事情，也因此带给自己心满意足的成就感。就如同蒋勋在《品味四讲》里说过的："房子并不等于家，房子是一个硬件，必须有人去关心、去经营、去布置过，这才叫作家。"

当下所居住的屋子其实就是内心的折射，而我们在其中相处、选择、扬弃的过程，看起来是与环境之间的互动，实则是对自己人生的态度。善待自己，尽量让每顿饭都变成健康美味的料理；善待空间，去感受植物的生长，敬畏它们蓬勃热烈的力量和令人动容的自然之美；善待器物，让它们更洁净灵动，成为陪伴我们经年的朋友。这是一份对生活和家人的热爱，亦是身为女子的另一种光芒。

第二章 简时光

<手作>

玫瑰干花制作

常常会因为花朵的凋零而伤感，因为花朵无论盛放时多么灿烂，也逃不过枯萎的结局。直到找到一种令它得以重新存活的方式，既可以留存花朵自然的姿态，也可以重现自然的艺术，就是把它们制作成干花。

无须换水打理，只要好好对待，保存期也很长，想想看，干花真是最适合的家居装饰物。制作的方法也很简单，在花朵没有凋零或者损坏的时候，将它们倒挂起来，挂在温暖干燥、通风条件好的地方，大概两周左右就完成了。

如果制作玫瑰干花，可以用麻绳捆扎，倒挂时要把它们拆开，错开分散倒挂，注意不要挤压，尽量保持花朵的完好，帮助尽快控干水分。

无论是用蕾丝包起来放进花瓶、做成干花画框、夹在书里当书签，抑或是作为项链的装饰，干花都是那么动人。那些干枯的脉络和花瓣，在我们的创造中也焕发出了独一无二的美感。

"我回来了，
　　请多关照"

　　日剧《我的家里空无一物》有句打动我的话，"很多人穷尽一生花无数时间、金钱买到心爱的房子，但是却把它变成了垃圾场"。人对于物质的欲望是无穷无尽的，若不懂得克制，在占有了物质的同时，其实也在被它们慢慢侵蚀。

　　我并不是收纳高手，只是在这个年龄才真正懂得"拥有"的本质，能自然而然地涌出想要珍惜物品的心情。这是我收获的最珍贵的待物之道，而减少、分类、收纳，才是提升幸福感的要务。

　　生活不是一朝一夕构建的，而是经年的习惯、性情与审美的综合。收纳最重要的便是要彻底"减少"。于是每过一段时间就会把柜子里的东西都拿出来整理一遍，重新摆放，腾出一些地方，也为了清点多余的物品，或者哪些物件需要补充。

　　保持衣橱七八分满是非常有道理的，可以定期清理，顺应四季更替，追随温度的变化。比如每个季度的第一天或者长假在家的时候，将不会再穿的衣服放进盒子里捐掉，或者挑选出合适的送给朋友，既环保又具有爱心，还能让衣橱保持空白的美感。

　　不再心动的东西，比如完全过时的衣服、过期的化妆品、不可能再看的旧杂志等等，会带着抱歉的心情请它们离开。尽管脑海里还能想起带它们回家的画面，但只有留下心动的物品，才会发现心中真正的渴望。跟那些被你扔掉的东西说说话告个别，多谢这份陪伴，这也许是它们最好的归宿。

　　学会舍弃之后便是收纳。我的个性偏急躁，会比较希望能尽快看到成果，于是总喜欢集中全力收拾一个场所。那个时候的自己就像一个战士，在与懒惰、拖延等天性作战。因为如果收拾到一半就停下，那既无法得到成就感，也不能得到满足感。

　　收纳时需要为物品选择合适的容器，就像给它们找一个家。正式场合的裙子挂起放在一个柜子，家居服叠好放入抽屉，鞋子尽量放在盒子里，将电线、杂物用透明收纳袋或收纳盒收纳好，冰箱里的东西放到透明的容器或袋子里，用标签备注好内容，如果是食物的话，还可以写上购买和保质日期。把所有的东西都分到固定的位置，方便以后将它们轻松归位。虽然辛苦一时，但是会幸福很久呢。

　　就如同生活中要结交良友，平常也要尽可能地使用令自己真正心动的器物。当身边都是让我们心仪的器物时，要给它们自己的空间。用它们的时候，把它们请出家门和自己在一起；用毕，则感谢它们并送回专属领地。

　　像豆浆机、面包机、厨师机这些不一定每天都会用到的器物，可以在用时再拿出来。在厨房的台面上留下一周会用到三次及以上的机器，其他的可以收纳在柜子里，用时再取出。这样的厨房不知不觉就会变得洁净，也给身处其中的我们一个清新的心情。

因为有两个小男孩，所以家中很长一段时间总是乱糟糟的。后来我想到的办法是，准备几个玩具分类箱，按照姓名、年龄来分类，每周都鼓励小朋友一起参与整理，把不再喜欢的玩具挑选出来，送给其他小朋友或者捐献出去。

小朋友们喜欢的节日装饰也是重头戏，但同样可以用环保的方式来整理，尽量循环使用它们。每年节日结束后，可以再次使用的装饰物尽快放回收纳盒，否则它们很快会因为一层厚厚的灰尘而黯然失色，还需要我们花费精力来打理。

客厅和餐厅也是需要注意的地方。我的小建议是减少桌面摆放的物品，尽量不要在目之所及的地方放上杂物，这样看起来比较洁净。比如在书桌上或者客厅的沙发边放一个临时文件盒，只放现阶段正在阅读的书或正在使用的文件，其他的都不可以在此停留。

有段时间家里的鞋柜凌乱地堆着鞋，后来我根据四季分类，只留下应季的鞋子，这样看起来便整洁很多。买个落地衣架放在进门处，这样就不会把外套帽子乱丢了，隔夜穿的衣服也可以放在这里。

整理的过程可以说是审视自我、盘点过往的过程，将物品融入日常生活之中，才是真正的收纳。那些最后留下的、我们所拥有的物品，无一不在告诉我们选择的正确性。通过整理，我们对自己真正喜欢什么了然于胸，也会喜欢上自己以及自己亲手创建的生活。

收拾是件道长且远的事情，动手之前想一想，"收纳以后我的

生活会更美好，我的家人也会因此更舒心"，这样也会带着愉悦的心情来实现它。当你丢掉不需要的东西，留下让你怦然心动的物品，带着萌发出来的小小自信，很多事情都变得顺利起来，也会令生命呈现出真正的质感。

也因此，想把自己的家变成令人每天都期待回去的地方，站在门口，幸福地在心里说一句："我回来了，请多关照。"

yan

第二章 简时光

第三章 ······ 食时光

幸福的来源，打开烤箱开关

或许在这繁乱的世间，每个人都有一个疗愈伤痛的方法。喝酒、唱歌、诉苦、旅行、跑步，或者干脆逃避。而我的治疗方法很简单，就是打开烤箱开关。

与烤箱相伴的厨房时光是赠予自己的礼物，每次孩子睡着之后，就是我开始烘焙的黄金时刻。撇下烦琐的杂事，一心一意地钻进厨房。那种完全忘我的投入，能让人不断地从中获取能量和快乐，并调整对生活的态度。

做甜点往往需要先做一些准备工作，把各种配料准确无误地称好备妥，像校对文稿那样细心，像教导孩子那般耐心。翻搅、调弄、拌和，然后放入不同的模具，看着蛋液慢慢变得蓬松，可以在打蛋器上拉出小弯钩，奶油变得轻盈润滑，面糊在打蛋机灵巧的转动下变得光滑，再满怀爱心地把它们送进烘炉，期待着它们在烤箱中成长、膨胀、开裂之后的美好。

烘焙是需要等待的，"等你差不多忘记了这个蛋糕的存在时，它就做好了"。想一想，其实这句话不仅适用于做蛋糕，也适用于面对人生各种境遇时的态度。

往往几十分钟后，我戴着隔热手套打开烤箱，香气扑鼻而来。这时，我就像被扎了一针的气球，背上的重压、心里的焦躁，慢慢地消失了，所有美好的感觉都随着蛋糕一起出炉。常常心满意足地坐在桌边，好似一个苦尽甘来、事业有成的富翁。刚才究竟为了什么事烦恼，竟记不起来了。

坦诚地说，烘焙是件有点"麻烦"的事情，每做一次点心，都需要不同的材料和器物。除了烤箱、打蛋器、面粉筛、电子秤、橡皮刮刀这些常规工具，稍微复杂点的点心还需要温度计、喷枪、裱花嘴等。连听起来很简单的"糖"，也分为无数种。几年下来，小仓库里放满了各种模具材料，常常隔段时间就需要全部整理一遍。

很多时候，也会因为方子不正确、手法不对，甚至是烤制时的心情不够沉着而制作失败，但在这日复一日的练习中，早已学会把心情交给时间，不过分纠结于结果，而只静静地感受当下。

生活中，我是个有些羞于表达情意的人，还好食物不需言语便可联结内心。还记得自己第一次烘焙的作品是简单的曲奇，笨手笨脚地将和好的面团装进裱花袋，饼干被挤得奇形怪状，吃起来的口感也怪怪的。没料到怯怯地递给家人后，却收获一致好评。于是业余甜点师的生涯就此延续了下去，烘焙也成为我与喜欢的人之间的心灵桥梁。

海绵蛋糕轻盈柔软，细腻丰弹；磅蛋糕温润细腻，会让品尝到

的人感受到融融暖意；司康外皮酥脆、内芯蓬松，散发着黄油和面粉的天然香气；戚风蛋糕蛋香浓郁，像云朵一样轻盈柔软……

甜品的世界丰盈美好，但每一个都独一无二。枫丹白露、洋梨夏洛蒂、黛丽丝焦糖蛋糕、达克瓦兹荞麦糕、红橙巧克力慕斯等各式蛋糕，都曾出现在我的私房食谱上。朋友们有各自的爱好与忌口，孩子们有适合他们的甜度，这些都牢牢记在心上，并在烘焙的过程中适当进行调整。对我来说，只有带着爱和期待，才能做出真正拥有独特灵魂的甜品。

尽管口味是私人的，但情感却是相通的。咖啡煮好，厨房里飘满刚烤好的小面包的香气，女朋友各自挑选中意的茶具，川宁伯爵红茶散发出迷人的味道。看着焦糖酱在奶锅里咕噜咕噜冒着泡，烤箱中红豆小餐包一点点膨胀……这都是很难用言语描述的幸福。

大家边吃甜点边聊聊最近的心事，开心的忧愁的，都融化在这个暖暖的、最理想不过的午后。也许在那个瞬间，才能真切地感受到，好时光就是用来虚度的。美好的食物、喜欢的人、心无牵挂的状态，都是生命中重要的组成。

或许你对做蛋糕已经期望许久，却认为烘焙是一件很难的事情而望而却步。别忘了，我也曾是一个甜品小白，也是在一次次的练习中走向烘焙旅程。当你看到亲手烤制的蛋糕那么美好，所传递出的幸福如奶油般丰盈，会觉得一切付出都是甜蜜的。

生活不易，当我们年纪渐长吃过些苦头之后，总是需要一种方式去梳理自我，那也是我们最终获得美好生活的路径。试着在那个当下，停下来，为自己烤一只小小的蛋糕。

淡奶油 100 g

细砂糖 135 g

水怡 40 g

海盐 5 g

无盐黄油 60 g

去皮熟花生 160 g

不粘锅（必备）

温度计

刮刀

< 手作 >

海盐花生太妃糖

太妃糖，由"toffee"音译而来，有时也叫"拖肥"，本义是柔软、有韧性的意思。这个方子的太妃糖会自带一股焦糖香味，和花生的味道相融，吃起来唇齿留香，特别有幸福感呢！

· 步骤

1

先把除花生以外的所有材料混合，放到不粘锅里煮至沸腾后转最小火继续加热，在加热的过程中用刮刀不断地翻拌糖浆，以免糊底；

2

随着温度上升，糖浆的颜色越来越深，开始黏稠就用温度计关注温度，糖浆熬到160 ℃时就可关火了；

3

当糖浆呈现出很深的棕红色时，倒入花生搅拌均匀；

4

把混合物倒入烤盘，趁热整成平滑的样子，如果有点出油也不用担心，属于正常情况；

5

等糖的温度凉到60 ℃左右不烫手时，就开始切糖。不要等到完全凉了再切。如果真的不小心让糖凉下来切不动了，可以将所有材料加点奶油回锅继续煮至流动状态；

6

等切块后的太妃糖完全凉透后包上糖纸，密封保存即可。

把美妙赋予
每一个清晨

　　少女时最讨厌早起，步入职场之后亦是如此。起初住处离公司有十几站的距离，每天清晨都要被无数个闹钟吵醒，纠结挣扎着起床，快速梳洗打扮，在路边餐车随便买点早餐，打着哈欠看着地铁驶过一站又一站，没有迟到就已经无比庆幸了。

　　这样的早晨，自然一点也不可爱。直到某天心血来潮，决定给自己做早餐。于是提前半小时起来，笨拙地做了豆浆，鸡蛋煎得有些微焦，再把在超市买的素菜包加热一下。就是这样简单的一份早餐，却吃出来满满的幸福感；第二天又挣扎着起床，一杯热牛奶，几个泛着油光的猪肉芽菜包，混合着面粉的香味，生活也在腾起的袅袅热气中变得温柔起来。

　　用精心烹饪的早餐满足自己，想来一天都不会太糟。于是我这般懒散随性了几十年的人，终于拥有了起床的动力。每当吃完一份满意的早餐，便似乎获得了一个暗示，今天又会是愉悦的一天，有条不紊的节奏会跟着早餐持续下去，甚至因为要做早餐，连买菜也变得愉悦了。

拎着手提袋，看着市场里新鲜的蔬菜，按照食谱挑选最新鲜的食材。西红柿、芦笋、草莓、牛油果，这些都是最常出现在餐桌上的食材。回家后把芦笋洗净，用黄油小火煎熟，再拿出白面包解冻微烤，切成片后依次夹入培根、鸡蛋和芝士，便已足够满足。

有时也会想办法偷个懒，令做早餐变得轻松起来，比如做包子。提前一天晚上将面团揉好，发酵成圆滚滚的样子，然后用塑料膜裹好放到冰箱里，第二天早上将它拿出来回归室温，包上馅儿后就成了各种包子，放在蒸锅里蒸上片刻，便可以吃到热气腾腾的包子了。

我的早餐有时候是中式，皮蛋瘦肉粥搭配煮玉米、千层糕；有时候是西式，煮一杯咖啡，煎一个蛋饼，搭配西红柿焗豆、香肠和水果。天气晴好时会把早餐摆在露台上，也可能放在床边的餐篮里。千变万化的早餐，令人从不断重复的生活中解脱，赋予机械生活一

种新的热爱。无论是哪一种，当你与身体达成了不再懒惰的协议，便已经有机会拥有一个丰盈的早晨。

常听人说生活在于发掘"小确幸"，其实就是在于建立一种令人产生幸福感的习惯。现在的早晨对于我来说，是一段发呆放空的时光，无论是烤一只吐司，煮一杯咖啡，还是沐浴、阅读，拟好一日计划，都是拥有一个美妙早晨最直接的方式。

除此之外，在早晨还可以做很多有趣的事情。听音乐，让自己的身体变得灵动起来，让细胞被轻盈地唤醒；照顾花草蔬果，不需要多大的阳台，也无须耗费太多精力，只要把它们当成需要照顾的好朋友，按时浇水剪枝、驱虫打药就好；周末和朋友一起吃早午餐，让食物变得更加美味，不辜负生活中细小的温暖的爱，并且真正拥有一段回归自我、轻松聊天的珍贵时光；跟随阳光一起奔跑，在温暖的光线中周身舒畅。无论昨天经历的是怎样的世界，是美好的，还是失落的，都可以在令人愉快的律动中成为过去。

在这些充满仪式感的小时光里将自己舒缓下来，忘记自己是妻子、是母亲，只是作为一个纯粹的个体而存在，细细感受身体从沉睡的状态中苏醒过来的新鲜，对于每一天崭新的期许与问候，以及对所爱之人的满满关怀。

人生千百种姿态，每一种选择都该是自己认真之后的结果，早晨也如是。若你真正有一件愿意真心投入的事，并且每天为它留出固定的时间与空间，在反复温习这种幸福感的同时，或许会发掘出一个不一样的自己。

那种因改变而带来的新鲜感，会令每一个清晨都宛若新生。

< 手作 >

香橙蓝莓焦糖松饼

· 原料

松饼

自发粉 80 g

细砂糖 18 g

鸡蛋大半个（搅成蛋液）

马斯卡彭奶酪 65 g

牛奶 80 ml

橙子皮屑 1 茶匙

蓝莓 40 g

油少许

橙汁焦糖

橙子半个

鲜榨橙汁 45 ml

细砂糖 40 g

水 45 ml

一个人的温柔时刻

1 准备原料，此分量大约可做6块小松饼；

2 制作橙汁焦糖：水和细砂糖混合，煮成焦糖色，小心倒入橙汁，煮至糖浆状态后关火，放凉备用；

3 剥开橙子切几块橙子片，将橙片放入冷却后的糖浆；

4 制作松饼面糊：将自发粉、细砂糖混合，加入奶酪、蛋液与牛奶搅拌均匀，加入橙皮屑，搅拌均匀；

5 将蓝莓放入面糊中混匀，放置一刻钟左右；

6 在不粘锅中放少许油，待油烧热后取一勺面糊倒入锅中摊开，煎至两面金黄，就完成了；放入盘中，倒上些许香橙焦糖浆，即可享用。

面包如人生，
需要慢慢发酵

　　很喜欢一部治愈系电影，叫作《幸福的面包》。片中的男女主人公因为厌倦了都市生活，于是在北海道一个毗邻湖泊的小山丘上，开了一家朴素的面包店。他们每天的生活重复又单调，男人负责制作面包，准备馅料、揉面、造型、烤制，而女人负责熬制蔬菜汤和烹煮咖啡。

　　夏天，他们用西红柿做小面包，秋天则去田地里拾栗子烤出温暖的栗子面包。每天日落后，两个人将房子收拾妥当，在橘色灯光下相对而坐，分享着木桌上用新鲜蔬果做成的料理，日子平淡又甜蜜。

　　最令人难以忘怀的一幕是，他们用砖石搭建起了窑炉，每次放进柴火烧热后，面包会随着噼里啪啦的声音散发出天然的香味。这种自己纯手工烘焙的面包，水分被很好地保留在其中，吃起来不仅柔软，还富有弹性，成为他们乡居生活中最具有幸福感的美食，也治愈了每一位路过小店的客人。

　　每当镜头中出现面包刚出炉热腾腾的画面，都会让我觉得幸福。

尽管不能像他们一样临海而居，让屋子每天都飘出面包的香味，但在家添置一台烤箱，利用休息的时间和家人一起体验食物带来的最原始的幸福感，却是我愿意尝试的。

于是时不时地，我也会打开烤箱为家人烘焙好吃的面包。与蛋糕相比，它实在是朴素的食物，不需要太多的器皿，只要有面粉、酵母、水、盐和烤箱，在合适的温度里就可以做出来。这样的过程如同人生，一开始什么都没有，后来才逐渐变得丰富美味。

做面包需要慢慢来，这是我这个急性子失败了多次才悟出的道理。揉面、醒发、松弛、整形、烘烤……常常在不知不觉间，好几个小时候已经过去了。尽管费时费力，掌腹会因为揉面而发红，但是看着面团由湿黏变得光滑，可以拉出薄如蝉翼的膜来，你会渐渐爱上在你手中慢慢变化的面团，也会多谢当下努力的自己。

了解和感受，这是做出美味面包的前提。高筋、中筋、低筋、全麦，不同的面粉都有自己的特性，用心揉出的面团，也需要小心呵护。它们发酵成圆滚滚的样子后，你还需要排气、分割、松弛、整理成形，以及再一次的发酵。

第二次发酵，这是决定面包口感与造型的重要一步，初做面包时曾经偷懒省略掉这道程序，最后发现做出来的面包生硬而没有灵魂。从此便会好好地让它们在适宜的温度修身养性地待上一段时间，因为如果没有这些等待，就不会有最后那个美妙的时刻到来。

不期待即时的回报，反而更接近幸福。人生也如是，周而复始，不断地从失败中走向最终的成形。若按特性不断培育至理想的状态，也会是一个美妙的过程。

　　每个阶段的火候拿捏，都影响着成品风味。所以对于新手而言，最妥帖的方法就是严格按照配方称量材料，按照程序来操作，并在一次次练习中不断地感知体会，慢慢形成经验后，再在其中加入自己的灵感，而不是一蹴而就。人生也好，面包也好，都需要花费时间，慢慢等待，并在其中积蓄着自己的力量。

　　烘烤的过程是最迷人的，看着所有原料变成不同形状的面团，在高温下碰撞出了化学反应。它们尽情伸展身体，给予对方自己的能量，终于变成了圆融自在的样子，然后一点点染上诱人的金黄色。这是一个无比美妙的过程，我不由得屏住呼吸，耳旁仿佛能够听到面包屑掉落的声音。戴上手套小心翼翼地打开烤箱门迎接它们，这时面团已经拥有了黄油和面粉的天然香味，金黄的光泽下是千姿百态的模样，有着不同的味道和特点，可爱至极。

　　吐司切开后，从横截面可以看到气孔一圈圈的走向；法棍最理想的状态是气孔分布均匀，没有大的空洞；而好的可颂，则是外皮酥脆，表面焦黄，柔软内侧完全看不到海绵状的气泡，巧克力面包的酥脆与入口即化巧克力的苦甜风味，品尝起来很妙……但无论是哪种面包，我们都需要很多时间的等待。如果不是认真而充满虔诚地准备着每一步，便不会有最后入口的香甜。

　　也许年龄越大，越珍惜一些微小踏实的幸福。无论遇到什么样的挫折，只要想到明天的餐桌上面包依然香甜，便又充满能量了。因为每一个用心烤制的面包都仿佛拥有活着的灵魂，给我们平凡无奇的生活贴心暖胃，请好好对待，如同珍视自己的人生。

< 手作 >

迷人的
牛角包

·原料

高筋面粉 250 g

盐 2 g

白糖 20 g

全脂牛奶 125 g

活性干酵母粉 7 g

无盐黄油 180 g

蛋黄液少量

1

将 7g 干酵母倒入 125g 牛奶中搅匀，加入高筋面粉、糖、盐与 50g 在室温中变软的无盐黄油，揉成光滑的面团；

2

揉好的面团用保鲜袋包裹起来放在温暖的地方发酵，长大至初始大小的两倍便可；

3

等待发面时，取出 130 g 无盐黄油均匀切成九等份，并紧密排成正方形，放在较厚的保鲜袋上，并在上面再盖上一层保鲜袋，用擀面杖敲打，使其接缝处都融为一体；这一步非常重要，否则面团会无法折叠；整形好后立刻放入冰箱冷冻室让其固定，大约一刻钟即可；

4

面团饧发好后擀成面积是黄油面积三倍的面皮，把定形好的黄油放在面皮的中间；

5

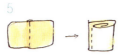

将一侧的面皮折过来盖住黄油，尽量不要让中间有空气；再将另一侧折过来盖住，也是尽量不要有空气；

6

盖住后先用擀面杖摁压
开，切记不要直接擀，
擀成适宜的长方体后，
分成三等份开始折叠；

7

折叠好之后，裹入保鲜
膜放入冰箱冷藏室使其
松弛半个小时，此时为
第一次"折三折"，总
共要进行三次"折三
折"；每次"折三折"
后都要放入冰箱冷藏室
让其松弛20分钟；

8

待第三次折好松弛过后
取出来并擀成厚度适中
的形状，切成等腰三角
形；

9

用刀在底边中间稍微划
开，拉长一下顶部后开
始轻轻地卷就可以了，
注意三角形顶部的尖端
要固定在底部；

10

用蛋黄做成蛋液，涂在
面包坯表面，在烤盘上
摆好，放在室温下再松
弛20分钟；

11

烤箱提前预热好：把烤
箱温度调到190℃，15
分钟左右，根据自家状
况而调节；烤好之后取
出，待其冷却后放入面
包袋，收工!

我的幸福是，
窝在厨房里做晚餐

尽管营养学家一直在强调晚饭要吃少，但只要时间允许，我总是愿意准备一顿美味用心的晚餐，认真对待菜肴、耐心烹煮、精心摆盘。对我来说，整个烹制晚餐的过程像完成一次与自我的对话，也用这种美味中的心意来联结家人和朋友之间的关系。

曾经是个对做饭一窍不通的女孩，直到独自生活后，才发现很多时候，生活中唯一能掌控的事情，便是好好给自己做一顿饭。每天下班后自己选择"吃什么菜，怎么吃"，似乎以另一种方式把握住了生活。也因此无论那一天发生了多少不愉快的事，被上司训斥、被客户不理解，还有上下班路上的辛苦奔波，都在这餐饭里消失殆尽。

从准备晚餐开始就是很享受的过程。洗菜时"哗啦啦"的水流声，青菜进入油锅那一瞬间的"刺啦"声，小火炖菜时的"咕嘟咕嘟"声……米粒在清水中慢慢地舒展身体，继而饱满地出现在饭碗中；辣椒被清油炸出的诱人的香味，依次放入不同的食材成为下饭利器。

自己做的晚饭，是给心的安慰。比如最常做的蛋肉卷，把调好的肉馅儿裹入摊好的蛋皮之中，放入蒸锅加热片刻后取出，揭开锅盖的那瞬间，空气里都是蛋皮和肉馅儿混合的鲜香，儿时的美味记忆瞬间苏醒了；香煎鱼，把买来的小鱼化冻清洗干净，两面薄薄撒上一层盐和胡椒粉，腌一会儿后再撒面粉，放油加热，小火慢煎，两面煎成好看的金黄色，咬一口满满的幸福感；还有苋菜皮蛋汤，炒锅烧热油爆香蒜，把苋菜稍微炒一会儿，加些清水，烧开后放皮蛋块，简简单单的一道菜却带来夏天的清凉。

　　当心里眼里都是眼前的美食，就很难被生活中的烦恼困扰，最重要的是，所有寻常的食物都有可能成为开心的线索，心也会变得安静平和。

　　工作几年后遇到了先生，恋爱期间印象最深的，便是为彼此做的晚餐。我们都喜欢在家吃饭时的那份自在，即便是一块土豆一片洋葱也让人意犹未尽。

　　通常谁早到家谁便先做饭，两人都练就了快速做一桌菜的功力，煮饭、煲汤、蒸鱼、炒青菜，颜色上也尽可能搭配好看，放在适宜的盘子里。周末时会变换一下口味，比如在冰箱里搜刮剩下的食材，做份香喷喷的煲仔饭，或是煮一锅鸡蛋挂面，又或是把五花肉干煸成半透明状，再配以醋和椒辣面文火慢炒，配上米饭我每次都可以吃上一大碗。

　　饭菜被一扫而光，甚至连骨头都被啃得干干净净，对于下厨的人来说，这是一种发自心底的信任和尊重，也是一种心满意足的踏实。后来结婚生子，生活在波澜不惊中渐渐发生着改变，但是对食物的

热情却一直保持着。先生的工作日渐繁忙，但也常常会找出时间下厨。我喜欢他在烹煮菜肴时的专注，透露出骨子里的平和包容，对生活的享受和善意。

去年搬到新家后，最开心的事情是房子里有个大大的厨房，岛台很宽敞，足以把所有的用具铺展开。喜欢在花园里摘几朵花斜插在水瓶里，阳光明朗地投射进来，透过窗户可以看到不远处的草地。在这样的环境里，心情与姿势同时舒展，食物的味道似乎也更加美好了，于是我也更加珍惜在厨房的每一个时刻。

以前下厨这件事只是自己的期待，现在却变成了全家人的期待。挑选食材时要思考先生和孩子们的爱好和忌口，了解食物的属性，清楚蔬菜之间怎么搭配更加安全，知道哪间市场里的食物最为新鲜。烹煮的过程中，也要依据食材的特点做出美味，均衡营养。

夏天的傍晚煮一碗绿豆百合糖水消暑解热，冬日里煲一碗莲藕排骨汤暖胃暖心……对做饭的人来说，晚餐并不仅仅只是一场食物的组合，而是把人和事放在心上过了一遍。修炼的不是厨艺，而是善于体察的心意。

在四季的黄昏，带着期许的心情回到家，把电视关掉，手机放下，一家人坐在一起吃顿晚餐。就算日子过得寻常琐碎，也可以用食物让今天变得值得庆祝，并且懂得，漫漫长日里，有人与你立黄昏，问你粥可温，多可贵。

一个人的温柔时刻

< 手作 >

香肠煲仔饭

· 原料

大米、香肠、小油菜、水、色拉油、盐、味极鲜酱油、蚝油、白糖。

· 步骤

1

将大米洗净，按照一杯米与一杯半水的比例加水，将米浸泡半小时；

2

将大米放入砂锅移到火上，加入少许的色拉油和盐，将炉灶调成中火，盖上盖子开始煮饭；在煮饭的过程中稍微搅拌一下，等到搅拌时发现饭有浓稠状后开小火，这时饭大约已五成熟；

3

根据个人口味用味极鲜酱油、蚝油、白糖调制一碗调味汁。

将香肠切薄片盖在饭上，盖上锅盖，再小火煮 5 分钟后关火，继续盖着盖子焖 10 分钟。将小油菜放入滴了油、加了盐的水中焯熟。焖好的米饭开盖后排入小油菜，浇上调味汁，拌匀即可食用。

用心做便当，
装下一切美食与美好

　　最近在看的一本书叫《四季便当》，作者是位居住在北京的日本主妇。无论是在什么样的境况下，她总是能为丈夫做出美味的便当。我喜欢她对于大自然、季节与食材的敬意和对生活的巧妙心思，常常在翻开某一页的时候，忍不住发出"原来做便当这么有趣""好想每个都试试"的感慨。

　　"便当对我来说是一种生活方式和情感的表达。早上我在出租房里做便当，便会记起小时候妈妈在厨房里做便当，怎样把便当包起来递给我。"

　　看到这句话的时候忍不住点头。想起在念书时，妈妈也为我制作过许多便当。在两点一线的生活里，我和好友们最期待的事情，就是把课桌收拾好后一起把饭盒盖子揭开，然后交换和享用的时刻。那种温暖的感受，是那段时光最踏实的幸福。

　　后来随着年龄和食量的增长，陪伴我最久的不锈钢饭盒，也慢慢随着菜色升级成好几格的高级保温盒，但我和妈妈之间的相处却不复从前的温馨。高三时我们的矛盾常常在餐桌上吃饭时爆发，面对着满桌用心做的菜肴，我的内心只感受到委屈和愤怒，往往连饭都不吃就冲出门去学校晚自习，然后气鼓鼓地准备挨饿一晚上。

但很多次都是第一堂课还没有结束，同桌碰碰我的胳膊示意我转头去，窗边那个熟悉的身影站在那里，有一点点不好意思地冲我摆手，手里提着一个沉沉的保温盒。尽管生气，她还是舍不得女儿挨饿。我不好意思道歉，只是沉默地接过来，躲到一个角落打开饭盒，看到香肠焖在软软的米饭里，青椒小炒腊肉泛着油光，青菜和鸡蛋汤是重新做的。大口吃着饭，眼眶不由得湿湿的，内心又变得柔软起来。

长大后不是没有吃过更加美味的食物，却深深迷恋着便当温暖的味道，也是家的味道。尤其在经历颠簸的日子，需要自己为自己的每一餐苦恼的时候，我开始不停地想念妈妈，想念便当里满怀的心意。当你发现生活并没有想象中美好，做便当或许就是让充满变化的日常变得些许可控的一种方式。那是一种真正活着的感觉，也是令自己通往安定的仪式。

每次做便当之前会先想好一份食谱，去菜市场买来食材，择菜、去泥、冲洗，然后放在砧板上，认真地对待手中的每一种蔬菜，放入锅中烹煮，再放入便当盒的格子里。黄瓜的绿，西红柿的红，茄子的紫，还有剁椒鱼块、农家炒肉、红烧鸡腿……当它们与晶莹润泽的白米饭融合在一起，都是唇齿与味蕾莫大的享受。

每个工作日的午间时分，精疲力竭、昏昏沉沉地打开加热后的便当盒，那一瞬间世界仿佛明亮了。老板的斥责、难缠的客户、窗外的暴雨、心里的乌云仿佛都在散去，而舌尖触及到的，只剩下无边无际的美妙味道。如果哪天的便当做得很好吃，就仿佛获得了对自己满满的爱，和对新一天的祝福。

也因此，珍惜每一个可以做便当的机会，无论是在春和日丽的时候做的野餐便当，工作时的便当，还是帮小朋友郊游准备的儿童便当，都会带着愉悦的心情尽力去准备。因为，带着爱意制作和食用的便当，对做的人和吃的人来说，意义都大不一样。

工作便当

在我看来最重要的元素是，让人一看就食指大动。荤素合理搭配，蔬菜水果必备。因为时间很宝贵，如果能够多睡一会儿的话，没有必要为了看上去丰富，而耗费过多食材来摆盘。

在新鲜和时间中取得平衡，米饭一次准备够两天吃的，当晚的直接盛出放入饭盒，另一半装保鲜袋里冻在冷冻室。如果便当是用头天的隔夜菜准备的，不妨就在饭菜出锅的时候就先装好便当，而不是使用"剩菜"。

荤菜随意，青菜的话比较合适的有茄子、冬瓜、土豆、胡萝卜、莲藕、西兰花、花椰菜、西葫芦、紫甘蓝、蘑菇等。最后不要忘记选择时髦又好用的便当盒，也许因为它们，你可能就愿意带便当上班了。

儿童便当

营养搭配很重要，然后是看起来让孩子们食欲大开，并且吃的时候心情很好。所以形式就可以灵活，注重颜色搭配，用工具来辅助塑形。很多日本妈妈的超精致便当都离不开工具。比如小动物或心形饭团模具，还有可爱的表情形状通常是用像纸一样的海苔切出来的。

粉色火腿可以用来做肤色，或者切成小片当作花瓣点缀在米饭上，橙色的胡萝卜片可切成心形或者小鸡形，切好的秋葵可以是星星，带颜色的豆饭可以作为漂亮的背景。

野餐便当

野餐便当的原则是样式多、味道好、颜值高、适合拍照。冬天的时候可以考虑在保温的便当盒子里放焖饭和馅饼，夏天的时候可以用寿司、饭团、三明治等作为主食。另外，香煎鸡肉小饼、烤豆腐蔬菜丸子、玉子烧、小香肠等都是很适合野餐的小食。

试试看，因爱而生的美食，无论怎样都会很美味吧。

< 手作 >

芒果
酸奶慕斯

· 原料

芒果 250 g

牛奶 50 g

淡奶 200 g

鱼胶片 10 g

细砂糖 10 g

戚风蛋糕 2 片

· 步骤

1. 鱼胶片用冷水浸泡至软，挤干水分后隔水煮至融化，放凉备用；

2. 将150g芒果加50g牛奶放入料理机打成果酱；

3. 将放凉的鱼胶液和芒果酱混合并搅拌均匀；

4. 将100g芒果切成小丁备用；

5. 淡奶加细砂糖打发至六分发——将打蛋器提起时，形成一个软塌的倒三角，倾斜容器时奶油缓缓流动，打发的淡奶和芒果酱混合均匀即成慕斯糊；

6. 将芒果丁倒入慕斯糊拌匀；

7. 慕斯圈的底部事先用保鲜膜包好，把戚风蛋糕切成两片贴合模具的圆形，按照"戚风—慕斯—戚风—慕斯"的顺序依次放入慕斯圈。完成后将其放入冰箱冷藏4小时左右；

8. 脱模时可以用电吹风吹慕斯圈的四圈，或用热毛巾焐热；慕斯切块装盘，就可以美美享受啦。

没有一碗面温暖不了的心

　　码了一天的字忙到晚上，没有什么比一碗热乎乎的面更能抚慰我的心了。于是下厨煮了碗雪菜肉丝面，带着鸡蛋香味的面条，脆脆的青椒丝，还有鲜香的雪菜肉丝，所有的疲惫都在这碗面的香味中被疗愈。实际上，每次当我不知道做什么吃什么的时候，就会选择下一碗面，用热乎乎的面汤来喂饱自己的胃，心也就不空了。

　　对于面条的爱是从幼时开始的。南方湿冷的冬季清晨，小小的我总是不情愿从被窝里起床，任凭妈妈把门敲得震天响，也只是像鸵鸟一样把头深深地扎进枕头下面。后面她想出了对付吃货的妙招，用一碗有猪油、葱花的荷包蛋汤面来诱惑我。闻到面汤的香味后，我果然"上钩"了，迫不及待地爬起来，用最快速度刷牙洗脸收拾，只为了赶紧接过那碗面条——吸口气，捞起面条满足地吃下去，最后连汤也不放过。抹抹嘴，摸摸滚圆的肚皮，心满意足上学去。

　　后来爸妈同时去省城进修，我回乡下和外婆住在一起。阴雨连绵的日子里，她常让我坐下帮着她剥豆子拣菜。有时豆子剥到快小半篮子，她端起来去厨房和腊肉炒在一起，也就十几分钟的时间，

一碗散发着浓郁香味的腊肉蚕豆面便放在我面前。腊肉切成丁，翠绿的香葱漂浮在上面，蚕豆快活地躲在面条里。外婆喜欢看我满嘴是油的贪吃样子，往往在我吃饱后，才捞起锅里剩下的面条。我曾以为她真如自己所说的最爱面汤，直到长大后，才真正懂得那一碗面的温暖。

　　一些小小的欢喜，就藏在锅碗瓢盆里。高中开始要上晚自习，踩着自行车在某条巷子的拐角处，总会看到灯下一对夫妻支起的柴火面摊。看着他们将面条入沸水焖煮，用竹篱将面条捞起，轻轻地抖三四下，控掉多余的水分放入白瓷碗中，葱油、盐、味精、酱油、醋一应俱下，来勺猪肉炒制成的臊子，再加一小撮葱花，就是一碗最诱人的面。

坐在木桌前用筷子夹起几根面条慢慢地吸，等不及回味，带着肉丁的面条从唇齿之间"哧溜"一下，带着余温进入口腔再到达胃，就这样一口口地消灭完面条后再喝热汤。对那时候的我来说，那个小摊的灯火是冬夜里最温暖的光，而我也成了那个世界上最幸福的人。

几年后离开家去念大学，常常煮方便面当作夜宵。躲过宿管大妈的监察，把面条放在滚烫的开水里煮软后，磕一个蛋进去，几分钟后放入香肠或午餐肉，最后再加点调料里的香葱末。刚出锅时热乎乎的鸡蛋面，那是每一天最完美的总结。在不开心时做一顿好吃的面安慰自己，在开心时更要吃碗面庆祝一下，当舌尖触到舒服的面汤时，内心是无比踏实的。

工作以后的放松方式，逛超市是最常用的一种。总是不由自主地在面条区转悠。柔软清香的挂面、健康有嚼劲的全麦面……不同的地域产出各种特点和优势的面条，不由自主想要全部带回家。常常在下班后煮一锅香菇鸡丝面，将肥美的新鲜香菇洗净后浸泡在水中，取出一块鸡肉切成丝，与香菇制成面码。备好香葱蒜末各种调料，开火加水放鸡蛋银丝挂面，煮熟后放入瓷碗中加上面码。深吸一口气，充满期待地享受这些味道的碰撞与融合，从身体到内心都会是暖暖的。

尽管面条看起来寻常无奇，但如果用心的话，一样能点燃美妙

一个人的温柔时刻

的人间烟火。而能用一碗面来表达自己的玲珑心思的人，一定有着温柔的灵魂。

曾在友人家吃过一碗红烧牛腩面，唇齿留香。这碗面的汤头浓郁，牛腩完全不腻，肥肉的部分入口即化，瘦肉的部分咬得出鲜美的汤汁，吃着那软软的面条，浓郁的鲜味，从嘴到心。曾经悄悄地问过他做法，以为藏着什么独门秘籍，他却摆摆手，笑着告诉我为了买到上好的牛腩去了多少家肉铺，光汤头都要熬制数个小时。这份用心，才成就了一碗足够好吃的面。

煮面亦如同人生，只有经住了熬，才会有满满的香。那么，努力做好每一件事，剩下的都交给时间吧。就如同每一碗面也都有它的使命，只是我们自己不知觉。它们令人相信美好，也努力让每一天更加丰盈。

或许，爱到深处的最自然表达，不过是轻声问一句："你饿不饿，要不要给你煮碗面呀？"

新鲜香菇 6 朵

鸡肉 1 块

鸡蛋挂面 1 袋

蒜片、香葱末适量

盐适量

草菇老抽适量

淀粉适量

料酒适量

蚝油适量

< 手作 >

香菇鸡丝面

1

香菇在清水中浸泡，让杂质自然落下后冲洗干净，切片；

2

在沸水中将香菇焯水约 2 分钟后，捞出沥干水分；

3

鸡肉切丝后放在器皿中，加入料酒和淀粉搅拌均匀备用；

4

待锅中油七成热时加入蒜片爆香，之后加入鸡丝滑炒至变色后加入香菇片，调入蚝油、草菇老抽和盐后大火翻炒，注入没过食材约两指的沸水，调小火熬煮 15 分钟左右即可得到味道浓郁的鸡汤；

5

另取一口汤锅，注入水，至水沸腾后加入挂面，煮熟后捞出放入碗中，加入熬好的香菇鸡丝汤，撒香葱末即成。

和孩子一起种菜
做食物，是心的交汇

　　常常只要拿出打蛋器，小 D 就"噔噔噔"地跑来了："可以让我打奶油吗？"我为难地纠结着："不行哎，主要是你分不清楚什么是干性打发什么是湿性打发啊。"他叹口气："好吧，不过你需要打蛋筛面粉什么的吗，需要的时候你叫我好吗？"我："……"

　　家中有吃货孩子，也许最大的幸福就是可以一起琢磨做好吃的。我喜欢和他们一起种菜种花、烹饪烘焙、布置餐桌，体验和厨房有关的一切。因为在我看来，孩子人生最早感知到的最亲切的，便是唇齿间的香甜。

　　于是，搬进新家以后我特意开辟了一小块菜园，这也是孩子们的开心之地。他们经常拿着专用的小农具去锄草、铲土或者浇水。西红柿、辣椒、菠菜、丝瓜、南瓜、草莓……他们亲自见证了蔬果成长的过程，记录下作物的生长情况，近距离地观察生命，并且在照顾蔬果的过程中，建立和大自然的亲近感。

　　想起平日里，大人常常有意无意地把自己的价值观传输给孩子：

小狗会咬人，泥土很脏，虫子好可怕……这会让孩子感到无所适从或是不敢亲近大自然。其实他们本身充满灵性，可以非常自然地和各种动植物"交流"。

小D曾经是个拒绝吃菠菜的孩子。确实，蔬菜对孩子来说不算美食，可是，我们这些操心的妈妈，又怕他们营养不良。于是我买了菠菜的种子，请他一起来种植，用这样的方式让孩子顺其自然地了解它们，增加亲切感，这样才会有想吃的愿望。

让我意外的是，平时大大咧咧的孩子，在这些蔬菜面前，竟然变得无比细腻起来。当他看到韭菜又长高了不少，青青的西红柿竟泛着粉色，油豆角伸到了架顶，苦瓜修长清秀，便会如获至宝满心欢喜，那份抗拒也渐渐消失了。

大自然是孩子天然的老师。尽管孩子们不能像我的童年那般，在山间流水、树下野果、风吹麦浪、蛙叫蝉鸣之间感受到自然的滋养，感悟生命的奇妙，但即便是一小块泥土，或者一个小盆栽，也能教会孩子们很多。自己从花园里采摘的胡萝卜自然比超市里买的要诱人，亲手播下种子、浇水施肥的草莓也自然更有吸引力。当他对餐盘里的食物怀抱一份好奇心和成就感，就会自发地想要获得更多联结。

在没有搬家之前，我的阳台并不大，没有太多机会去让孩子感受真实的蔬果，于是得空的时候，便把孩子们带去菜市场。让他们有机会触摸蔬菜的梗叶，认识五颜六色的食材。西红柿的娇艳，蘑菇的脆弱，油麦菜的新鲜……在采购的过程中，孩子们自然知道当季食物有哪些，如何判断食材的新鲜度。

有时候，只是逛逛菜市场，带着孩子们认识货架上的各种蔬果，便是一堂有趣的食育课，甚至会帮助他们走进更大的世界。他们由此知道植物的枯叶并不是意味着消亡，而是转换成另外一种生命体，知道了面粉是通过麦子粉碎而成，也知道了农民种植的辛苦，明白了节约的道理。不需要说教，我们只需要让它自然而然地发生。

喜欢和孩子们通过做饭一起玩耍，虽然难免会需要解答各种各样奇怪的问题。前段时间我给他们拍摄了一档美食小节目"小兄弟厨房"。两个小家伙像模像样地穿上了厨师服，对厨房更加迷恋了。每次录制之前会一起来分析食材，讨论酵母的特性，各种面粉的不同，

不同食材之间可能会发生的奇妙化学反应，讨论如何将食物做得更加美味……这是一场关于生活的学习，也对他们将来的人生具有重要的意义。

创造一切机会让孩子与食物建立美好的关系，还可以在做饭之前，让孩子触摸、认识原生态的食物，帮忙一起清洁食材，请他们来观摩炒菜，或者给出更好的搭配建议等，这些都能让孩子感受认识食物的乐趣。或许很多年后，当孩子们长大成人，想寻找一种方式来抵御未来的忧愁，食物便是最佳的疗愈工具。

与其让孩子们身边充斥形形色色的电子设备和人造的游乐场，不如让他们建立与大自然的珍贵联结，了解生命的意义。需要爱和时间的陪伴从来都不是无用的，我们给予孩子的不仅是身体需要的成长养分，更是心灵所需要的爱与能量。每一种爱的味道，都会穿过岁月的河流，温暖和激励孩子的整个人生旅程。

第三章 食时光

< 手作 >

抱杏仁儿的小熊饼干

· 原料

低筋面粉 240 g   细砂糖 50 g

黄油 120 g   鸡蛋 1 个

奶粉 2 勺   杏仁适量

1

将黄油放在室温下融化，加入细砂糖，搅拌均匀；

2

把鸡蛋打入加了糖的黄油中，继续搅拌均匀；

3

在混合物中筛入低筋面粉和奶粉，揉成光滑的面团；

4

放入保鲜袋，在冰箱冷藏30分钟；

5

将冷藏过的面团擀成硬币厚，注意力度要均匀；

6

用小熊模具刻出形状，用牙签刻出眼睛和嘴巴，然后放一颗杏仁在小熊怀里，扶起两只胳膊抱紧，这一步可以请小朋友一起完成呢；

7

烤盘铺油纸，将做好造型的小熊移过去，放入烤箱；

8

将烤箱预热好，调至170℃，烤制10分钟左右，可以根据自己的烤箱调节时间。

第四章

······

趣时光

旅行的快乐，肤浅却重要

　　为什么喜欢旅行，曾经无数次问过自己这个问题，最终得出的答案却很简单——可能是在旅途中对周遭的一切更加敏感，会听到清脆的鸟叫，会看到周边四时不同的花开，会看到在不同色泽的树叶缝隙间的光影……

　　这些看起来最寻常不过的事物，却很难在中年女子的现实世界中感受到。要应付工作上的事，要辅导孩子们的功课，要参加朋友间的交际，还有生活中的各种杂务……日程表不知不觉就被塞得满满的，很多时候都在忙碌和麻木中一天天度过。尽管人只有适应了寻常，才能适应生活，但与此同时，那些微小的快乐却也渐渐失去了。山间的水流、树下的野果、风吹麦浪和冬日暖阳，有多久没有好好感受了？于是有天狠下心来，来了场"说走就走"的旅行。尽管时间短暂，也不过是周边游，却感受到心在旅途中不由自主地慢了下来，重新唤起对美的渴望，也会认真地去探究很多关系——与自然的关系，与伴侣的关系，与孩子的关系，还有最重要的，与自己的关系。

当我对当下的生活觉得疲惫或厌倦时，便会来一场小小的"出走"，等到再回来时，脑海中装满了种种动人的画面，无论是在绕屋潺湲间坐看云起，还是远眺竹林深处的梯田和炊烟，这些都让自己的生活变得焕然一新。

去年樱花季的京都，当大多游客集中在渡月桥畔时，我选择了一间不知名的茶室。穿越小径到达一间隐蔽的屋子，繁花的光影落在窗边，女主人舀取一瓢水倒入茶碗中，整个过程从容流畅，在那刻懂得了，什么叫如行云流水般的轻柔与端庄。

经过石磨碾磨的抹茶，带有海苔和粽叶的香味。静静地品茶，沉默不语便是最恰如其分的敬意。用彩铅或文字来记录林间草木，享受一份美妙的黑糖蕨饼，心绪平静安宁。"浪费"一个长长的下午，却因而找到离心最近的距离，这便是旅行的意义。

还记得两年前的大理之行。抵达预定的民宿时已是深夜，民宿主人脚步轻柔地带领着我们去大堂，走过一个拐角，不提防间看见夜幕下波光粼粼的洱海，那一刻所有的疲顿都已消失。

巴厘岛的安帕瓦水上市场，白天安静纯粹，黄昏时因为霞光的笼罩格外温柔，晚风习习之下，坐船寻找夜色里的萤火虫，看着它们带着尾部小小的光明冲进黑夜之幕，感动之余觉得周身充满力量。

在东京最美的酒店椿山庄，我换上和式浴衣将身体泡在温泉水中，饮一壶本地清酒。随后，在微醺中夜游石灯初上的日式庭院，木屐底轻击着碎石路，耳畔则是细碎低沉的虫鸣，花朵的柔美香味进入鼻腔，微风沉醉的夜晚，不过如是。

苏梅岛的童话般的 SPA，临海而建的小木屋里充满了植物的芬芳，一边听着海潮拍打沙滩的声音静观自然，一边接收着精油给予身体的能量，那是一种心无旁骛的放松和自在。

年少时的旅行热衷于去时髦之地，每天换一个景点走马观花地游览，现在却更喜欢待在一地的深度体悟。从旅行中获取的乐趣，或许更多地取决于旅行时的心境，而不是目的地本身。我常常把自己丢到一个陌生的地方，去感受未知的快乐和冒险，那是一种自自然然的快乐，它们很小，却弥足珍贵。在那里你能感觉到自己的心是被收留的。张家界有一间揉进了竹林、稻田与星空的民宿——"大庸秘境"。无论是坐在屋顶露台上观看幽静山乡里云层渐染，还是品尝山泉水浸泡的西瓜、古法冰镇甜酒和土鸡枞菌火锅……在这里度过的点滴美好，深深地印刻在了我的记忆里，为着主人不忘初心的情怀，和那一份难得的心意相通。

记录旅行中留下的印记，尝遍各种稀奇古怪的饭菜，领略千姿百态的风情，以及观察旅行中遇到的那些生动好看的陌生人以及他们与世界的相处方式……不知不觉间，我渐渐告别了偏见与执拗，学会用平和安宁的心与自己和解，与生活和解。那些难以理解的事在某一刻突然顿悟，其实没什么大不了，放轻松就好。在这个过程中，也会更加珍惜生活中那些看起来"无用"的片段与事物。

做一个旁观者，不介意寻找所谓"肤浅"的快乐。正如是枝裕和所说，"世间也需要无用的东西啊，如果一切事物都必须有其意义的话，会让人喘不过气"。当你闻到了风、看到了花、听见了雨、感受到了四季，终有一天，也会在不经意间积累的无数个万象中，寻找到真正的心之所向。

毕竟，我们走遍万水千山，最终是为了找到自己。

制作旅行手账

　　旅行手账其实很像我们小时候写的日记本，只不过它记录的是旅途中有意思的部分。用一点点照片和文字，就能让一闪即逝的体验完好地保留下来，并且方便随时重温。

　　如何制作一本属于自己的旅行手账呢？除了文字之外，要用手绘、胶带、贴纸、照片等元素加以装饰，才能做出一页美观的手账。

手账配置

目前市面上的手账主要分定页本、活页本和旅行笔记本,可以依据自己的喜好选择。除此之外还需要准备一些笔。我比较喜欢用樱花勾线笔来进行手账中的内容文字书写,速干不会晕染。作为新手可以用一些简单的彩笔上色装饰,除此之外还可以准备一些胶带、贴纸和印章。

出发前

出门之前可以手绘一些可爱的景点标志,或者经典的路线,再用装饰贴纸点缀一下,一幅独一无二的旅行地图就完成了。

旅行中

收集门票,比如博物馆、美术馆和公园等,可以把一些经典的景点图或者器物剪下来放进手账本里,这是非常有意义的。还有像门票、车票、点心包装纸和纸袋等都可以收集起来,作为瞬间唤醒美好记忆的旅行纪念物。

旅行后

旅行通常比较忙碌,因此可以回家再继续完成这项工作。慢慢地把所有素材分类整理,按照时间顺序排列好,然后把想要贴的部分剪下来,可以写一写这是哪里的纪念品、照片等。

接着就进行添补润色、增加新的资料,看着这些东西,不断写下脑中浮现的想法。有时一个小小的手绘,便能成为这页的点睛之笔,还可以做一个总结,比如最好吃的甜品店等。

到此,就完成一次旅行的旅行手账了。因为这本小小的手账,我们也得以重温了旅行中的快乐点滴。

想为你
亲手做份礼物

　　这些年送出过不少手信，也陆陆续续收到过很多礼物，常常想起这些，内心也会生出来无限的柔软。

　　在电台工作的时候，常常收到听友的信，不同的是笔迹和格式，相同的是对方给予的如同知己般的信任；画群里的朋友相识不久却记住了我的生日，在生日当天快递来了一个自己烤的芝士蛋糕，附赠的生日卡片里的彩绘蜡烛好可爱；小学同桌回到老家，经过一起念书的学校时，特意拍下照片，做成一本册子送给我，说是要一起分享这份岁月的印记；公众号读者在新疆旅行时寄来了大枣和枸杞，连做法都写在信里细细嘱咐，牢牢记住了文末的那句，"喜欢看到你的字，但不想看到你熬夜写字"。

　　遇见美好是一种很奇妙的感觉，犹如沉浸在被关怀所包围的幸福与温暖中，你会逐渐改变着自己，时刻提醒着原来自己拥有着很多爱，也如同一种鼓励，想要因为这些喜欢变得更接近理想中的那个人，哪怕需要付出更多的努力和诚意。

不知道从什么时候开始，做礼物这个念头就藏在了我的身体里。虽然打开礼物的包装很让人开心，但现在，我更愿意做那个送出礼物的人。给喜欢甜品的朋友烤蛋糕，或者给女友家的小孩做一双鞋子，这些在旁人看来并无太多必要的事情，于我却是特别愉悦的时刻。

女友因失恋而心情沉郁，我想让低落的她开心一些，看到她穿了旗袍却没有搭配的手包，于是心头一动决心给她做一只。挑选材料，按照教程一针一线地缠绕，花了一周才做好。没有学过裁缝，也不会打版，做出来的自然不会是怎样精致的模样，但是她拆开包装后开心的表情，令我觉得花在礼物上的每分每秒都如此值得。

难道只有她快乐吗？当然不是。那是我制作的第一只口金包，于我，制作时的那份安然平和的心境，学到的新知识，还有因为朋友喜欢而收获到的满足和成就感，足以抵消所有的疲累。而我从她那里感受到的爱，终于有机会通过礼物传递了回去，这份爱是会继续流动和被滋养的，而彼此之间的感应，也是温暖踏实的。

人与人之间这份踏实安稳的情谊，需要真诚的挂念与关心来维系，只有投以真情和温柔的理解，我们送出的礼物才足够特别。当你越来越相信美好，对万物有真诚的敬畏，才会有力量送出恰如其分的礼物，获得真诚素朴的关系。

秋末的时候送相识多年的女友礼物，琢磨了很久决定送只复古流苏胸针。挑了青蓝的颜色，把线团绕在纸板上，四五百圈后，手已酸疼时，流苏终于有了雏形。小心地从中剪断，并用同色的线轻缝几针，将它们固定在一起稍做梳理。再从首饰盒里挑一只相宜的胸针，将流苏挂上，用胶枪一点点地缀上不同色泽和材质的珠花，打磨调整，最后郑重其事地装进首饰盒里，附上卡片，想象她收到时的心情，于是那一天也变得明亮和温柔起来。

比起收礼物来，或许送礼物会更高兴吧。我喜欢你，所以愿意将美好的事物与你分享，而不是一种利益交换；如果你恰好喜欢，总是会有些高兴的。在这样一个任何东西都可以买到的时代，这些手工制品才是我眼中真正的奢侈品。

每每去朋友家喝茶，除了习惯性地烤制一些糕点，也会带点额外的礼物。比如画一幅小小的水彩。某日阳光照进屋里，花朵看起来都心情很好的样子，于是拿出颜料盒，用铅笔勾线，铺上色彩，绘出细节。虽然从专业的角度来讲它不那么完美，但我感受到了它的美，也随画附上了一份真诚朴素的心意。多希望，每当她看到这幅画，想起的也都是质朴温暖的旧事。

送出的礼物多了，非但没有感到倦怠，反而在这样的往来中，越来越相信美好关系背后的简单和质朴，以及藏在物中的温柔灵魂。曾经以为它们离得很远，现在却发现近在咫尺，你只需付出郑重其事的心意，就可以获得。

也因此，除了用心地制作，每份礼物，都会亲手包装成中意的样子。原本认为只有技艺高超的人才能做出，后来尝试过才发现，原来用包装纸、蕾丝、胶这些很常见的包装用品，就能做出好看的包装，于是我在包装礼物盒的时候，也变得格外用心了。因为包装的美，也是礼物的一部分。

我家的储藏室里有一个箱子，里面有各种包装纸、丝带、印章等，甚至有在国外旅行的时候带回来的一些有当地特色的礼物袋。送内敛含蓄的朋友，会用素朴质感的牛皮纸包装，系上几根麻绳；送有趣的朋友，会在包装袋袋口贴上彩色胶带，顺便用丝带在礼盒上绑出大大的花朵；若是送小孩子，会直接装进可爱的礼物袋里，用蜡笔涂上他们的名字，顺便画几个歪歪扭扭的卡通小图案。

很多时候我们并没有想好怎么去制作和包装礼物，只是顺着自己的心，想着对方的模样、性情、喜好，一点点地变化调整，最终成为手中的那个形状。想象着对方收到礼物那一刻的快乐，自己也被感动和满足着。

这些动人又温暖的礼物，我想我会一直做下去。人与人之间流动而常新的关系，还有对这个世界的温柔情意、千言万语，就都藏在这里了。

<手作>

流苏胸针制作

·工具 ·材料

流苏线、剪刀、打火机、书、9 字针一根、
胸针、珠子、小钳子、热熔胶枪。

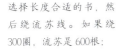

1

选择长度合适的书，然后绕流苏线。如果绕300圈，流苏是600根；

2

绕到合适的长度后先不要取下，在中间找一个位置用流苏线绕上几圈固定住。确定好流苏的长度，在另一端剪断；

3

中间插一根9字针，将9字针头藏在流苏中间，用流苏线在距离流苏顶部5mm的地方绕几圈固定住，如果不牢固可以用线缝合几下；

4

用小钳子把9字针的尾部变成个小圆圈，挂在胸针上；

5

给热熔胶枪通电预热，用熔化的胶将珠子粘在胸针上作为点缀，最后别忘了放进古朴的首饰盒里为它拍张写真，就可以收工啦。

编织是具有魔法的童话

很久之前读过一本书，叫作《编织会》。女主角玛丽在突然失去了5岁的女儿之后，一蹶不振，无法阅读，也无法写作。在母亲的建议之下，她不情愿地加入了一个编织会，寄希望于用编织来填满自己空虚的时光。当然，她并不知道这将改变她的生活。

编织会的每个女人轮流教给玛丽一种新的编织技巧，与此同时，她们也对玛丽坦白了自己关于失去、爱以及希望的秘密。最终，在这样温柔的时光里，玛丽敞开心扉，也翻开人生新的扉页……

曾经我也如玛丽一般，并不懂得编织会对自己的人生有什么意义，只是单纯喜欢，而且因为仅仅是爱好，也不用谋生，所以它对于我而言，是个轻松愉悦的游戏。然而随着年岁的增长，我发现自己对于编织的爱一直在增加，也慢慢积累了一些潦草的作品。它们非常简单，而且很随性，甚至让我有点不好意思分享。比如说用旧毛线织双小鞋子，给新买的杯子织个不怎么保温的外套，甚至还给一个玻璃小茶壶织了件毛衣。

　　作为一个没有认真学过编织的人，一开始看图解或者视频简直只能用看天书来形容。幸好照顾孩子们的阿姨会一些针法，于是我缠着她教我，终于可以勉强编织出自己喜欢的作品了，尽管离精致这两个字还差十万八千里。

　　客观来说，直到现在我也从来没有完全了解各种编织的方法，都是靠着小聪明在乱织。不过好在心态不错，掉了一针又怎么样，下一针补上去就好了呀。织不出花样，那么简简单单也是好的。

　　妈妈看到我织的"作品"，忍不住又笑又叹气，因为她曾是编织高手，编织的毛衣非常好看，上面还会有立体的糖果、花朵、各种动物等。小的时候，每每看着毛线在她手中飞快地掠过，变成穿在身上的毛衣，不由得发自内心地崇拜。那时候的很多妈妈们，空

闲时间也都是在给家人不停地织毛衣、毛裤的过程中溜走的。用这些亲手创造的美好，给不易的生活加一点点甜。

好些年之后有了自己的孩子，每当回忆起小时候妈妈给我织的毛衣，内心也会涌起"想编织那样美丽物件"的想法。虽然现在没有办法达到她的水准，但是也在努力向那时候的她靠近。"像是老太太的生活""买的话也很容易吧"，听到过这样的说法时只是一笑了之。她们并不懂得，怀抱着对喜欢的人的心意，在一针一线中，所有不愉快、伤心、失落，都会随着编织消失，藏在内心的波澜也被温柔抚平了。

据说编织的人分两种，一种是结果编织者，一种是过程编织者。最初我是为了结果而编织，比如一件漂亮的毛衣或是一条暖和的毯子，为了早日能看见成品，编织过程往往都是很着急的。带着目的急切地去做一件事情，往往会导致成品不够精致，而且也失去了对每一个步骤的享受。

而现在，我大概算是后者。怎么说呢？单纯享受编织这件事情，感受毛线的质感，体会它们从千丝万缕到被织成一片，然后又成为了温暖模样的过程。编织就像是一个待解的谜题，不到最后你都不知道结果。哪怕是同样的毛线，同样的针法，编织出来也一定是不同的样子。

中间出了差错，拆了织，再拆再织，很是考验情绪，到最后终于完成了，尽管篮子里可能会多出来一条针法凌乱的毛线袜子，或者造型奇葩的零钱包，但我的内心却是无法形容的满意。

不着急，不忙乱。在编织的过程中，感觉到自己的心慢慢地沉静下来。以前遇见纠缠在一起的线会一剪刀"咔嚓"掉，现在却会找到线头，富有耐心地去理清楚。解答人生的谜题，不也需要穷尽耐心吗？

一件亲手编织的礼物本身就是很美丽的，也具有自己独特的气质，虽然都是些寻常的毛线，针法也很普通，但搭配不同的颜色和针法，就像有了不一样的灵魂。每当我缝好最后一针，剪断线头，再把它洗干净熨平整拿在手里时，指尖是暖暖的温度。

编织就像一个神奇的魔法，能够将对美好有期待的人联结在一起，也帮助我们的内心安然美妙。在迷惘的时日里不会太沮丧，在落寞的时日里不会太过孤寂，而如珍珠般璀璨的点点滴滴的小乐趣，是贯穿生命中最闪亮的惊喜。

犹记得某日摘录下来的一段文字："我为种种美妙的事物耗尽了自己的爱，来自它们的光辉令自己的内心变成全世界最安全最温暖的地方。或许任何热忱对我来说都是一种爱的损耗，但是一种美妙的损耗。"

编织亦是如此。

一个人的温柔时刻

和器皿玩
"过家家"

　　常常觉得选择一件器物，就是选择一段生活。玻璃、木器、陶器、瓷器、铁器，在这些性情气质都各不相同的器皿里，时光时而浓烈时而安宁。将它们进行搭配，于我而言是一场妙趣盎然的游戏。

　　还记得在京都旅行时，曾有幸参观过一位手艺人的茶室，充满设计感却并不张扬，其间的摆设结合了日用器皿与艺术陈设，兼顾了实用性与艺术性，简单却不空旷，手艺人内心精神和器皿之间产生了奇妙的化学反应，相映成趣。这间茶室或许令人感受不到宏大的信念，但这份匠人的心思，却足以打动人。

　　器皿的妙，只是去欣赏或者买回来，试图用展示来表达它，其实是件很困难的事。只有当使用的体验与身体的感知，如味觉、视觉、触觉，都通通掺进来，它的价值才能恰如其分地显现出来。器物的存在是为了承载食物、饮茶、插花，让它与主人见面，而不是将它束之高阁、令它沾满尘灰，这也是对器物最终极的尊重。

　　我喜欢从器皿中留意自己的取舍，将所有的细微之物仔细挑选，总觉得只有这般，生活才不会再从光阴的指缝中溜走。最初也会喜欢那种少女心浓郁的花纹，尽管它们往往质感轻薄，而现在则更加偏爱一些材质朴素的器物，这样的器物会因为经历过时间的磨砺而具有直抵人心的美。

也许是年岁渐长，也逐渐拥有了对生活主动思考和辨识的能力，不再盲目地追逐那些并不适合自己的所谓"网红"器物，而是懂得诚实面对自己的内心，寻找到踏实、真诚、好用的好物，在一次次对它们的使用中，慢慢找寻到了自己的心。

万物都有规则，美亦是如此。如果出现在眼前的器物只能选择一种颜色，白色无疑是最恰如其分的选择。白色搭配各样菜肴都适合，无论沙拉、主菜，还是甜品。瓷器的白色，釉色的白色，纹饰的白色，不同白色也可以摆在一起。尝试过在一次家宴中将不同质地和深浅的白色器皿搭配在一起，竟然有一种奇妙的和谐。

搭配器物，前提是要舍得使用好物。看到有些人收集很多名贵的杯碟，却始终只放在柜子里用来观摩，并不使用它，常常觉得可惜。曾经有朋友来家吃饭后，惊艳于我的下午茶具，也渐渐迷上了器皿。从前很少下厨的她也慢慢觉得厨房有趣，每当自己用精心挑选搭配的器物制作料理，或者搭配甜品时，都会觉得很有成就感，也把这份好心情传递给了家人。

浓郁丰盛的秋季，尝试选用陶器来搭配食物；炎热的夏季，则多使用日本的津轻玻璃器物，清爽怡人；至于春季，会更钟情于俏丽优雅的英式骨瓷。即便是同一餐，也可以用不同的器皿搭配，比如小碟子可以放进沙拉盘里，木质餐具与竹编器皿可以叠加。

我也会让器皿和蔬果之间做游戏。比如，柑橘可以放在竹编小篮子里，石榴和葡萄则可以放在北欧风的几何器皿中，就算不刻意摆盘也美如画作。至于下午茶，可以摆在托盘上，一壶茶，一盘糕点，水果切出纹路浇上酱汁成为沙拉，就是与高端酒店的下午茶比也不逊色。

野餐的话，就更适合在器皿之间搭配组合。我曾尝试把玮致活的黄丝带骨瓷杯和北欧风的中古茶炉放在一张小木桌上，甜品碟则是从网络上淘到的木质托盘，在秋日舒适的光线下，它们与蕾丝桌布巧妙融合在一起，彰显出四季的美感。我也试过将一些现代风的瓷器放在洁净素雅的野餐布上，又是另一种心境的呈现。

而那些投入的感情和时间，投射在器物上的心思和爱，最终变成了对生活的温柔情意。就像萨特在《存在与虚无》中写的那样，"仅仅通过观察我们拥有什么，我们就可以知道自己是怎样的人"。器物不光能展现自身的审美，与食物相呼应，还会带来日常之趣，令人得以感悟自然、生命的美妙。

回到生活本身去感受日常的温度，让使用的人更加具有幸福感，对于丝毫没有炫耀之心，一直支撑我们生活的器皿来说，这就是意义所在啊，因为没有任何一种艺术能比融入生活来得更直接。越是与它们相伴良久，越能感受到它们的承载，在无法重来的时光里记录着人生的趣妙之处，散发着踏实温暖的气息，亦会拥有你们共同经历的故事与时光。

学会与器物玩"过家家"，你终会懂得这份幸福。

下午茶茶具推荐

Wedgwood
玮致活

器物柜里收藏最多的茶
具，来自 1759年成立
的英国国宝级品牌玮致
活。它以精致骨瓷闻名，
茶具既富有东方气质，
又具有西方特色的丰富
大胆的用色与瓷器轻盈
高贵的质感，在艺术价
值与生活之间，做了极
完美的诠释。

Royal Copenhagen
皇家哥本哈根

皇家哥本哈根陶瓷是丹
麦最好的瓷器工厂，设
计精致典雅，几百位陶
瓷制作师傅始终坚持纯
手工打造的传统，创作
精致完美的作品，因此
价格也相对高昂。据说
在丹麦几乎每户人家里
都留有这个品牌的祖传
的餐具。

LOMONOSOV
罗蒙洛索夫

我常常形容它是来自俄罗斯的贵族大小姐。这个皇家瓷器品牌成立于1744年，比英国一些老牌的瓷器公司历史更悠久。钴蓝瓷器中有大量的描金装饰，充分传承了纸醉金迷的气质，但在有些系列的作品中亦可以看到俏皮轻松的气息，也许就是这种矛盾的气质，才让人欲罢不能吧。

Meissen
梅森

这个拥有近300年历史的德国瓷器品牌，以高雅设计、皇家气质、纯手工制作闻名。白色底盘上，弧度优美的两把蓝剑交错成梅森百年经典的象征，暗喻着它在瓷器界的"C位"。制作时的几十道复杂工序，让它所承载的不仅仅是标签上的售价，更是绘画与造型艺术的综合体现，被誉为"白色金子"。

Royal Albert
皇家阿尔伯特

品牌创立于1896年，是一家提供茶叶、早餐、甜点器具的供应商，主打英国乡村风格，很适合正宗英式下午茶。虽然与众多的英国老牌瓷器比较起来非常年轻，但可谓是后起之秀。传说也是戴安娜王妃最爱的茶具品牌之一。

不赶时间的话，去野餐吧

　　真的是好久没去野餐了，虽然有无数次想要出发的念头，换季的时候，天气晴朗的时候……但总是被琐事生生困住了脚步。直到前几日，偶尔在家附近发现了一个小树林，草坪齐整，林木茂盛，花果都在澄净的环境里绽放，沉醉在这片墨绿色里，眼里心里都有难得的静谧和恬美。于是想要野餐的念头再次萌芽，没有什么比把自己扔进喜欢的生活更重要的事了。

　　迅速和女朋友们敲定了分工，但发现要准备的东西依然很多。甜点、沙拉、面包、水果，还有花朵、手调饮料、复古音箱……一个接一个地把竹篮塞进后备箱，刚要感慨辛苦，但想到野餐时的美妙便释然了。"如果想要寻常生活多一些滋味，我们有的是办法不是吗？"这样的想法无论如何都应该拥有啊。

　　初秋的这个下午，预报说可能有雨，为了与天气作战，迅速摆好桌布，可露丽放进梅森的餐盘里，南非香草茶在茶壶里泡好，面包和沙拉尽得其所，花朵主题的蛋糕摆在小木桌上。这大概就是野餐的妙处吧，那些看起来平平常常的食物，一旦离开餐桌，被带到

了树林草地、无名小溪、海边沙滩、城市天台，便拥有了改变生活的魔力。

　　有时候，我们真的需要换一种心境对待食物和风景，以及拿出相处的时间和诚意给懂得的人。对于朋友也是如此，如果说年少时羞涩谨慎，那么现在更愿意适度地表达爱，克制但不隐藏。也许对于我来说，野餐便是一种表达情感的良方，让心意在不知不觉中被确认和传递，也令彼此更加心意相通。

野餐要和喜欢的人在一起才行啊。比如我此时身旁的女朋友，她就是那个可以令我无论何时都放松和愉悦的人。刚刚摆好餐布，她像魔术师般从背包里摸出了一只尤克里里，也不管好听不好听一顿乱弹，然后和我一起笑得歪倒在野餐布上。

时常羡慕她身为母亲，却依然保持少女的姿态和心性。毕竟在我们这样的年龄，已经被生活赐予了各种角色，上司或下属，女儿或妈妈，爱人或知己……当筋疲力尽成为常态，或许如她一般保持对世界的好奇和天真，才是抵挡无聊和疲累的良药。

对我和我们而言，努力让日子有趣美好，从来都不是为了在朋友圈发照片秀格调，而是在真正做一件自己很喜欢的事情。比如被好吃的食物和中意的茶具包围，听听微风吹过小草的声音，比如在自然的环境中与有爱的人分享生活的细碎，彼此给予温暖的力量。既然无法逃过生活的难，那么不如给自己按下暂停键，试试从固定的小世界走出来，去看看流动的一切。摇曳的花朵，树林里的倒影……这样只属于自己的时光，尽管短暂，却非常重要。

中年少女们在野餐间的茶话，也无非是些平日的开怀与烦扰，最近工作的进展，旅行的计划，孩子的课外班，与爱人相处，等等等等，尽管细碎却令人感觉到温暖踏实，如同这秋日的光。对于野餐来说，所有的一切，目的都已经超越了去户外把那份食物吃掉，而是帮助你找到寻常日子深处的那些细碎温柔。

在这样一个理想的下午，阳光透过树枝轻巧地洒下来，零落的野果子在脚下发出吱嘎的响声，花果香气随风弥漫，我们看着对方哈哈大笑。即便暮色已深，烛台对面的面容开始变得模糊，收拾着琐碎跟朋友道别，相约着下一刻的聚会，身体这时才感受到了些许的疲累，心里却甘之如饴。

也许这不是最完美的一场聚会，却是秋日里最温暖的一场重逢。通过与自然、与知己的联结来获得新的力量，以及生命滋养，甚至有勇气相信，生命中那些黯淡的日子，都是可以被战胜和超越的。这就是野餐的意义，用好的心情来好好享受每日的生活，以及，成为更好的我们。

如何打造一场美妙的野餐会

朋友邀约

根据大家的爱好和性情，各自分配任务。有的人准备食物，有的人负责布置场地等，这样大家的主动性和参与感都会被调动起来。每次野餐可设计有趣的主题和主题色，着装的风格和色系尽量统一。

野餐地点

野餐的地点其实可以很多，我会比较在意环境的洁净度，以及周边是否有洗手间。可以挑几个地方作为备选，事先踩点很重要。

餐单设计

提前几天制定好菜单，野外就餐需要考虑便携性、美味和颜值。面包、三明治、沙拉、寿司和水果等是不错的选择。

食材器皿

食物和器皿很大程度上决定着野餐的质感。我比较喜欢带上木质和竹编的器物，蕾丝桌布。野餐篮里放上花朵、法棍，饮品的部分常常会选择果汁、茶以及香槟。

餐桌布置

仪式感满满的野餐要花时间和精力，尽量不要使用一次性器物。小花束是每次会带上的，如果实在没有，野花野草放在矿泉水瓶子或茶杯里也很可爱。另外还可以带上一些小乐器，比如用尤克里里来营造气氛是很妙的。

重视摄影

野餐照片的风格并不只有小清新，也可以是欧美纪实风格。邀请擅长拍照的朋友做主摄影师，强烈建议使用单反拍摄，比手机拍摄的效果更有质感。

谁会拒绝
一场小而美的聚会？

年岁渐长，对"人情味"有了更深的理解。在我看来，最真诚的友善就是愿意为对方花时间，于是每隔些日子，我会在家里组织一次小聚会，不一定有做法繁复的饭菜，或者奢侈的餐桌布置，仅仅是做顿饭、聊聊天，分享一些美好的东西，几个真正投契的朋友聚在最令人自在的家里，彼此都从容舒心。

那个当下，家变得像一个秘密花园，温暖又炙热，而这种美好、单纯的情感维系，在人人像孤岛的年代，无疑是弥足珍贵的。

其实任何人都可以办一场温暖可爱的小聚会，如果它有秘诀的话，大概只在"用心"二字。美好的事物从来都不是一蹴而就的，需要认真准备一份清单，然后确定主题，明确自己的整个目标和流程，以及逐渐分解完成各个小任务。当你实现它，便会发现这也是取悦自己的过程。

曾参加过一位女朋友的"迪士尼公主"主题派对，她很贴心地为大家借了好几套只有在童话电影中才可能看到的裙子，并特别邀请了化妆师来逐个装扮，并且拍照留念。这一场浪漫而天真的圆梦聚会，也因此成了中年少女们生命中特别的光亮。当我们每天都略带机械地重复同一种生活时，更加需要用一些不同于日常的生活形态，去唤醒那些微小平淡的乐趣，这便是小聚会的意义。

我喜欢因为一场聚会而为家里做些特别的布置。不管是什么样的主题，餐桌都是重头区域。我个人的看法是，尽量不要使用任何一次性餐具。印花的桌布、玻璃杯子、瓷制的碗碟、从杂货店淘来的小物等，所有与主题有关的元素都可以成为餐桌上独具匠心的布置。用小树叶做朋友的名牌，或者把松果放在餐布上，这些可爱又特别的设计也能彰显主人的心意。

花朵是一定不能缺少的。可以根据聚会的主题色来选择颜色和花材。用一个色调布置的做法简单又讨巧，淡粉桃粉与白色层层叠叠搭配在一起，温馨浪漫；而绿色系与白色桌布搭配在一起，便是自自然然的小清新风格。

也别忘了在房子的边边角角布置些彩蛋。将快要凋零的花放在装满清水的玻璃杯里，或者自制一个马赛克烛台，足够让场景变得鲜活起来。准备一台拍立得和一些适合拍照的小道具，聚会就立刻生动好玩起来。每年市面上都会新出很多可爱有趣的装饰玩意儿，不过没有必要每次都买新的，可以用现有的物件组合出不同的风格，搭配出不同的场景，这样既有心意又环保。

食物是聚会很重要的一部分，每位客人的喜好和忌口都建议提前去了解。作为主人，修炼的不是厨艺，而是人情世故，是你有没有把喜欢的人放在心上。所以我会对菜单反复思量，提前准备好食材。

比如圣诞主题可以准备树根蛋糕，四季主题可以制作一些与季节风物有关的茶点。

对我来说，有一个小小的仪式感是很必要的，就是在客人到达之前给自己留一小段休憩的时间，只有一切就绪的主人才能从容不迫，也才能享受这份成就感。静静地调整好状态，如果你的妆容搭配、着装色调恰好与聚会的主题搭配，相信每一位造访的朋友都会感受到这份尊重。选择合适的音乐，做好布置、摆好餐具，在菜品端上来之前，准备些可以让大家餐前享用的食物饮品，迎接客人到来。

也许自己在家烹制的食物没有顶级餐厅的食材高级、做法繁复，但却是你亲手打理的。它们把主人的深情厚谊传递给每一个亲近的人。看到大家沉浸于美好的情感中，放松惬意地享受聚会的每一分钟，对我而言就是很愉悦的收获，亦是一种成长。餐后的茶会时间里，和有故事阅历的朋友们一起聊天，聊自己与生活，聊过往与未来，那种感觉很踏实和温暖，彼此都感受到对方的关怀。

在小而美的聚会中尽情去享受与家人、朋友、爱人在一起的每一刻，建立与彼此的联结吧。不用忧虑够不够完美，有心便好。也许过了很久，那场聚会的场景依然会浮现在你和他们的生活中，即便只是重温，也都有抚慰人心的力量。

一个人的温柔时刻

娃娃茶聚

不只成年人的世界需要聚会，孩子们也需要。我常常给随父母来访的孩子们准备小餐桌和健康的茶点，提供一些有趣的装饰和游戏，让他们获得属于自己的专属时光。这也是一个让孩子们从小建立良好的审美，学会优雅社交的好办法。

选择主题

如果小客人中男孩女孩都有，可以选择共同喜欢或者感兴趣的内容，比如近期上映的动画电影或话题度高的绘本。当然还有一些"经典"的主题，女孩的"爱丽丝梦游仙境"、男生的"乐高"都比较受欢迎。最好是根据主题布置餐桌，从甜品到小装饰都可以加入一些巧妙的元素，也可以为茶会制定小客人们的着装守则。

选择茶具

很多瓷器品牌都有专门为小朋友设计的茶具，比如玮致活的"彼得兔"系列就很可爱。当然我们未必要购买名品，但尽量不要使用一次性餐具。也许有人会担心茶具摔碎，但我个人觉得不能因此就让小朋友失去享用好物的机会。最好有适宜小朋友身高的茶桌和椅子，这样器物摔坏的可能性也就减少很多。

选择茶叶与茶点

现在已经有一些茶品牌为孩子们设计出了纯果茶，不含茶叶、咖啡因与糖粉，纯天然果干制造，是果汁以外的另一选择。不过在给小朋友享用前，要先确定合适的温度才可以。

茶点的内容以好吃健康为主。水果沙拉、黄油曲奇、杯子小蛋糕、自制三明治和小餐包等都会让娃娃们心情大好。可以邀请小朋友一起来制作点心喔，相信这场茶会亦会成为他们心中甜美而特别的记忆。

我有一个抽屉，
藏着想要的美好

很多时候我把家当成游乐场，而我的玩具，就是一点点收集的器物。

比如纽扣，这可能是生活当中最普通、最不显眼的东西，曾经我对它们的了解也不过是最普通简单的功能——把衣服系紧而已。直到某次在商店看见一件价格昂贵、款式质地上乘的大衣，细细打量后，我却忍不住被那上面的几颗纽扣所吸引，它们古典又别致，凝聚了时间之美。当下很想厚脸皮地问问店家是否可以单卖纽扣，想想对方也不会肯，于是隔三岔五地就去看看它们。直到有一天，它们消失了，那种不能拥有的失落现在都记忆犹新。

在此之前，我和大多数人一样，从未仔细留意、端详过自己身上的衣服配了什么样的纽扣，而它们究竟想在方寸之间展示些什么，我也无从得知。这样想来，竟觉得辜负了这些小小的纽扣。于是不自觉当中，我开始关注它们，也常常饶有兴趣地去手作店铺里碰运气，看看是否有心仪之物。慢慢地，这些喜欢的纽扣已经积攒了一个小盒子。

仔细翻看，你会发现它们绝不像你想的那么简单：一个画着可爱图形的小猫实际上是手工刺绣而成，从一枚古董纽扣运用的工艺可以判断它实际上已经有几百年的历史了，晶莹剔透的粉色扣就像生活中的小快乐，而当你久久把目光凝聚在这枚墨绿色的纽扣上，可能会找回一段内心深处的情绪……

　　我喜欢在一个人独处时，怀着轻巧的心情打开盒子，用不同质感、风格和气质的纽扣搭配绣线，或者挑选出适宜的扣子，将它们缝在衣服上、围巾边、包包上，组合成奇妙的小图形，让它们变成独一无二的存在。

　　以前以为纽扣仅仅在衣服的边上和纽扣洞相互"羁绊"，现在却因为手艺人精心雕琢的作品，才知道它们可以这般美。万事皆是如此，当你不局限于平日的想象，让心变空，就会发现原来世界比你想象的简单很多，也有趣很多。

　　每一份收藏都可以是人生的享乐，亦是寻常日子里的温柔时刻。或许，我们都需要一颗"纽扣"，借以盛放过去的心绪，期待未来的自我。

把过日子当成是
有趣的玩耍

　　看日本电影《小森林》的时候，总是容易被那份食物中所充满的素朴情意所打动。女主角市子独自生活在山林之间，她安静地承续自然的生存规律和方式，认认真真地种植蔬菜和粮食，精心照顾着它们直到结出果实，再用来作为三餐的食材。无论是米饭蔬菜、板栗番薯，还是蛋糕薄饼，在她的手中都有滋有味。

　　常常回忆起影片中的一些画面，比如市子亲手采摘的当季最新鲜的蔬菜，把揉好的面团发酵好放进窑炉里烤出焦香，把爬到树上摘的果子认真去籽细心研磨出果酱，用酒曲酿造出来的清甜爽口的甜米酒……尽管自给自足的辛苦程度并不亚于在城市打拼，但她认真地适应着，把寻常的乡野生活努力过得妙趣横生。

　　把欢喜赋予每一个最平凡的时刻，这不光是自我救赎，也是让每一天都价值倍增。我也想成为这样的人，让生活变得更加有趣。比如用一顿精心准备的美食取悦自己，参加一个好玩的聚会，喝一次完美的下午茶，傍晚对着夕阳的颜色发呆……

　　对我来说，让生活变得有意思，也可以借助于一些让你不断产生新的体会与思索的事。来一场"抛夫弃子"的旅行就是很有趣的体验。每当辛苦工作一段时间，便会奖励自己一个"小旅行"。不需要多长时间，也不用去天涯海角，只是一个人发呆就足以让心放空。在这样的旅行中，习惯了自己做攻略，与陌生人沟通与交流，虽然也会担心迷路和遇险，但一次次的旅途令人更加独立自信，也会更加珍视当下的生活。

一个人的温柔时刻

写字也是一件有趣的事情。最初只是因为方便记录，后来却发现没有什么是比写作更自由且好玩的表达方式，既要有旋律感，又要有画面感，还要有内容和共鸣，着实不易。所以每次从落笔到成文，都会有一种满足感。在文字中凝视自己，是整理当下和自我醒悟的方式，也让我发掘生活中细微的快乐，对未来的每一天都有所期盼。

有了两个孩子之后，我曾经把生活无趣归结于他们的出现，后来发现并非如此，束缚你的并不是其他人，往往是你自己。当我把做妈妈这件事视作一场有趣的玩耍，就在不知不觉中，成了更加可爱的自己。在这个过程中，我不断地成长，同时也让那柔软细腻的心找到一个温暖包容的着陆点。

我会和孩子们一起种蔬菜瓜果，观察果实成长，每天以最舒展的姿态亲近自然；会一起用食物变魔术，比如看过了凡·高的画展后，把蝶豆花泡水将水染成湖蓝色，做出一份星空插画面包；我们还买了画布，在家做了简陋影棚，成为彼此的模特，在镜头中感受光线、颜色，对美心怀期许……

比起担心孩子未来会不会进名校，我更在乎他们对生命是不是有足够丰富的体悟。在我看来，所有陪伴与启发的最终目的，是唤醒孩子的潜力，令他们有自主探索世界的愿景和能量，拥有用一点点快乐就能换回很多快乐的能力。作为妈妈，我希望自己是孩子最好的朋友和玩伴，而不是只追着孩子做作业，时时以挑剔的眼光看待孩子的人。

曾看到过这样的发问："这一世行在路上，前路微茫，有什么能够陪伴我们度过没有星光的夜晚呢？"也许就是在日复一日中乐

一个人的温柔时刻

此不疲地活着。保持着追寻美好小细节的心情，原本平淡的生活会开始变得不一样，对我而言，如果将来有一天，孩子们能够由衷地说一句："妈妈还挺有趣的！"这就是我能获得的最大奖赏了。

想要像市子一样每天元气满满地生活，就要学会把生活去芜存菁，留下并不断发掘一切可以愉悦自己的事物。不需要刻意去那片小森林，因为心间已枝叶繁茂。

第五章

· · · · ·

美时光

所有的美，
都与爱有关

　　我们总是渴望悠长的假期，却忘记了，用零碎的时间做一件安静的、符合天性的事情，一样可以将自己与纷繁复杂的世界暂时隔离。

　　记得有一次搭乘飞机遇到了冰雹天气，听着广播里一遍遍地通知飞行时间延迟，我感觉心跌到了谷底。这个时候看到了邻座的女孩，她穿着淡蓝色的棉衣，膝盖上放着很多五颜六色的小纸条，一张张地折成小小的千纸鹤，然后小心翼翼地放在旁边的玻璃瓶里。也不知道折了多少张，那只瓶子慢慢变得充盈起来。等到终于可以登机的时候，她轻轻站起来，手上捧着它，像握着世界上最珍贵的物件。

　　总需要在心底留一点温暖的时光，那是只属于自己的温柔。我的朋友大玲是手艺人，经常看到她坐在自己的工作室里，拿出钩针与布料，无论外面的世界多么喧哗，也不管上一秒钟的自己发生了什么，她只专心地停留在那个小世界中，气定神闲地挥舞着手中的"魔杖"，而变出各种各样好看的包包。

　　她会根据不同的季节做出不同的款式，钉珠的、丝绒的、亮片

一个人的温柔时刻

的，各式各样。包包们制作的时间并不短，而且限量，至于限量多少，那得取决于心情。因为要尽可能完美地做出每一只包包，要留出买菜烧饭溜达的时间，也要保证和摄影师爱人一年几次的旅行。

总之，她慢慢悠悠地，一点儿也不着急上新。为了选到一块质地很好的布料，会在炎热的夏天或者冷到要流鼻涕的冬天去南方的布料市场拿货；因为希望包包更加好看，她去拜师学习烫花、钉珠；她重视原创性和设计感，每次做完一个包包，都会在淘宝上搜搜，确定没同款才安心。

去年初夏时分，我向她订制了一只手包，有天深夜突然收到她发来的微信，抱歉地告知成品的绣花部分因故不如预期精美，本想重做却缺少面料，所以这一只就当送我，分文不取。因为如果不这样做，"会不心安，每一只包寄出时都像嫁出自己的女儿一样舍不得，自然要尽可能地不留遗憾。"

我由此看到的，不仅仅是大玲对手作的热爱，对世界的理解，也有她对自己和他人的真诚。她全心全意于自己的小时光里，才让作品有了那份无法预见的珍贵和特别。所以即便没有淘宝店、没有微店，也没有豪华的工作室，却依然可以收获那么多真心实意喜欢她和她的包包的人。

拜托大玲制作包包的，有像我一样送给远在异国的闺蜜的，有刚刚参加工作的女儿送给年轻时爱美却没有钱扮靓的妈妈的，有因为通过考试送给自己庆祝的，也有订制了一整套亲子系列，期待和可爱的女儿一起背上的。情感与包包之间因此发生有意义的关联，这些看起来微不足道的情意，悄无声息地沉淀下来，在某个时分，以礼物的方式呈现出来。

　　孩子出生后我也渐渐喜欢上了手作，最开始，我会 DIY 一些小围兜、小袜子等，慢慢地也开始尝试做更加复杂的帽子、娃娃和衣服。它们所带来的成就感能让我主动将自己从纷繁复杂的世界中跳出来，用不断地尝试，用力保护着、鼓励着真正的自我，尽量在繁复的日子里找到简单的快乐。

　　那时候还在电台做主持，每天疲惫地回到家便开始陪伴孩子，留给自己的时间又少又零碎，心情也常常烦躁不安。只有在那些随时提醒着自己"快乐其实很容易"的手工活儿里，在一针一线或者脚踩踏板"哒哒哒"的声音中，才能让负能量一点点地消散。

　　尽管心境改变不了现实，但我们可以建立自己的小世界。那或

许是用爸爸的旧衫改造的婴儿服,为下午茶桌亲手缝制的一片茶巾,
为朋友亲自制作的礼物,为妈妈编织的一条羊毛围巾……尽管寻常,
亦是另一种方式陪伴我们的星辰大海,花朵微风,用力拥抱,真心
关怀。

　　这些温暖虽然小,但却是心和心的交换,很重要。

<手作>

绣花布袋

·工具 ·材料

布料、针线、剪刀、水消笔、抽带、肩带。

1

先根据自己喜欢的布袋
大小裁剪出两块大小一
样的布料；

2

在表布上用水消笔画好
自己喜欢的图案，然后
绣好图案；

3

绣好花纹后，将两块布
料正面相对重合在一
起，反面向外；

4

按照虚线的位置将侧
边缝合，剩下不缝合
的地方便用来制作布
袋底部；

5

两手抓住底部缝线由中
间向上提起，将两边凸
起的两个部位重叠，缝
合起来，就形成了袋底；

6

将布袋顶部卷边缝合形
成一圈中空的缝边，在
缝边上剪几个洞，方便
穿抽带进去；

7

将布袋翻过来，将抽带
依次从一个小洞穿出，
再穿过另一个小洞，穿
好抽带，拉紧抽带就能
将布袋系紧；

8

把两条肩带分别缝合在
布袋内侧即可。

世间的温柔之事，
必有一件是静候花开

　　我的露台里，常常会有奄奄一息的植物，有的是浇水太多，有的是施肥过量，有的是老不开花……

　　每次看到我束手无策的表情，微小姐总是忍不住叹气。在她眼中，所有有生命力的生物，都有独一无二的秉性，别人不渴你非得天天灌水给它喝，它的健康自然会出现问题；若是生病了，也是需要关心呵护的，否则矫情给你看，或者干脆枯了，这是因为你根本没懂它们啊。我捂脸点头称是，服气得很。

　　我与拥有一座楼顶花园的微小姐是相识了30年的闺蜜。尽管她很忙，但每日清晨，都要在楼顶忙碌一阵子，因为要照顾植物们。有些花谢了，要收拾收拾；有些生病了，要对症下药；有些正在酝蕾，要多给些营养；有些花开正当时，要花点时间去欣赏它……若是赶在天黑之前回到家，她也会去瞧瞧这些植物。第一波春花已经开始绽放，铁线莲、黄木香是今年的新品种；月季还没有开始展露花苞，需不需要喷药照料，这些都在她的关注范围内。我若是植物，想来也愿意长在她的花园里。

观赏过微小姐花园的人常常会在赞叹之余，跟她请教养花秘诀。她通常会一脸呆萌，"也没怎么样啊，只是恰巧喜欢做这件事情而已……"但稍微养过花便知，养好花哪里只是"喜欢"两字这么简单，任何事物，只要结缘，必然需要付出更多的心力。

微小姐开始养花的时候也是什么都不懂，辛苦培土养育的小苗常常夭折了或是花苞无论如何也打不开，后来她沉下心，去研习这些花草的习性，请教前辈，慢慢与它们磨合，亲手去修剪叶片、灭虫、浇水，建立与它们的联结，才慢慢地建起了这个小花园。

"为了靠近你，做了长久的准备"。就像小王子驯服了狐狸，只有自己去触摸和拥抱，才能真正地去感受它的存在。有一个顶层花园是一种什么样的体验呢？大概是春天的植物如同积攒了一冬的能量，一夜之间几乎都开了，空气里多了一些期许已久的甜香。夏

花开得太辛苦，立秋后第一批花蕾新芽全部剪掉，养根养叶，休养生息后仍是郁郁葱葱、生机勃勃。植物随着时光流转，此起彼伏。多肉越来越美的时候，草本植物进入休眠状态，而球根花卉迫不及待地占领主战场。

除了养花，还可以在楼顶花园喝咖啡、阅读、写字、交谈。清晨采一把花，傍晚把凋零的花朵装进竹篮子里，制成干花保存起来。这是虽然普通却丰盛可爱的小日子。哪怕再累，心也是高兴的。

这些细微之处的沉浸，令人觉得跟植物相处，其实也是跟自己相处，和禅修、写字、跑步、喝咖啡、跳舞、绘画一样，这些看起来"无用"的时光，让生活中吃的苦头成为强身健骨的历练，而内心的那个率真小孩，也始终安稳地存在着。

第五章 美时光

寻常的日子，因为花而藏满了温柔天真的情意。每个人都有自己此生的缘分，而对微小姐来说，养花便是，曾以为平淡无奇的生活重新变得鲜活曼妙起来。她甘愿为此辛苦，带着爱意去照拂这些花草，付之挂念与关心，随着它们来感知四季。仔细观察每片树叶上的水珠，每一滴都是一个微观世界；凝视一朵花的羞赧，赞赏它的可人；偶尔跟蝴蝶打个招呼，谢谢它到来。当它们感受到你的真情实意，自然会回赠欢喜。

　　一朵花里亦可以见到人的性情。她常常被问到："现在这样的花团锦簇需要多长的时间？平时那么忙，怎么会有时间来打理？有没有速成法？"养花无捷径，却又处处是捷径。当你赋予真心，通过切切实实的观察、感受、靠近，便会慢慢找到交融相会的路途。机缘成熟的事都有一个扎实的基础、从容的状态。越是单纯越是开心，所谓"若无闲事挂心头，便是人间好时节"。

　　养棵植物，观察它四季的变化；写篇字，让心中空无一物；烤只蛋糕，等待烤箱"叮咚"的美妙声音。让开心的事主导自己的情绪，焦虑、忧愁、郁闷自然无容身之地，这亦是我们有幸在这个世界中探寻到的力量。每次看到微小姐的花园，我都会觉得，也许生活中会有一些不美好，那又有什么关系呢？当你真诚、简单又充满热情地去做一件心爱之事，便已是富足圆满。日复一日重复同样的工作和生活并不糟糕，可怕的是觉察不到"当下"这个时刻，忽略了平淡生活的奇遇，以及对美好的期待。

　　如同听了多年的《梦田》里，南方二重唱反复的吟唱——"每个人心里都有一亩田，每个人心里都有一个梦"，而对于微小姐来说，这颗种子，便是心里的花园，用它来种花种草种春风，也由此进入了一个柔软的自由的世界，比我们更加懂得春的懵懂，夏的明亮，秋的清澄，冬的安然。

我可以想象她图片里的景象，春末晴朗的夜晚，花朵的芬芳在空气中流动，香气若隐若现。楼顶流动着音乐，她端一杯手冲咖啡给先生，两个人聊闲话家常。小宝惦记着楼顶的花花草草，拿着小壶问问这朵月季："你渴不渴啊？"敲敲那棵绣球："喂，你要不要喝水啊？"而大宝在花园中弹着吉他哼着曲子，露出明朗的笑容。

这是自然的力量，也是养花之人独有的收获。好好享受，不必占有。世间所有的事物，或许都应如此真心对待。

微小姐的养花小贴士

花和人一样，有其秉性脾气，还有地域属性，天南海北有其固定的生长环境和空间，所以不能随着喜好，爱上哪个就搬来哪个。比如喜凉爽的天竺葵、丽格海棠，喜高温的太阳花、栀子花，喜湿润的兰花，各有各的性格，作为养花人，要知花懂花，因花而异，因材施养，才能枝繁叶茂、花开似锦。

在室外环境开花的植物，一定要有阳光跟通风的环境。如果你是封闭或半封闭的阳台，建议还是养观叶植物或草花。

随意养就能成活的花草

蓝雪花、茉莉、薰衣草、小木槿（扦插成活率很高）、天竺葵（品种丰富花色好看）。

让人欲罢不能的花草

月季：对于新手来讲，月季选抗病性强的品种就好。比如藤小伊、大游行等。

铁线莲：土要疏松、透气，防枯萎病，注意捆绑。

绣球：品种繁多，属于夏天坚持浇水就能随便成活系列。推荐白色天使，三季开花不断。

三角梅：花期长，生命力顽强，冬天如果保护得当，早早移进室内，来年夏天花会开得很旺盛。

> 小贴士：
>
> 在雨季要注意将室外的花罩起来或移到室内，否则叶子有可能会因为过于湿润而生病；冬天可以将花卉放在阳光房，如果必须留在室外，则可以将绣球花、玫瑰之类剪到只剩枝干，等到第二年春天会重新发芽，又是满园芬芳。

当女人开始画画，
人生或许会不同

　　或许当我们年纪渐长，吃过一些苦头之后，总是期许能够得到一种方式去碰触和梳理自我，去感受到自己真正的存在。成为母亲后的几年中，我常常苦恼于在生活的琐碎里如何找到自我的平衡，不知道该如何释放无法盛放的情绪。

　　直到有一次陪孩子画画，看着各种颜色的色块，想起小时候在一面空白的墙上任意挥洒涂抹的场景，忍不住也想试试。最初看着样稿无从下笔。后来才知道要打线稿，勾勒出形状后涂上色块，最后再画细节。这样一次不算成功的绘画经历却让我有了尝试的冲动。

　　刚开始只是把它当成一个游戏，画出来的线条，往往也是粗枝大叶毛毛躁躁。然而慢慢地，在一次次的落笔中渐渐找到了快乐。要画成什么样子，这本身就是一件有趣的事情，而这种纯粹创作的过程，也令人格外着迷。完全忠于自我，不需要对任何人交代，也无须任何解释，这是一场自己与自己的对话，仿佛是一种心灵疗法。

第五章 美时光

一朵花的颜色要叠加三四层，一片叶子要画一小时，就在这样的节奏中，学会了放慢心绪，跟自己和解，跟自然对话，这些都是画笔的力量。原本许多看似细小简单的事情，坚持下去，总有令我们意想不到的结果。一次次的练习后，我感觉到了自己的进步，开始注意到留白和深浅、明暗关系。这种进步不光来自画画时的技法，也来自心境。

也许当时光慢下来，才能真正学会感知和表达爱。我常常在落笔的某个时刻照见自己，获得一种自然而然的情感流露，也不再执着于画出一鸣惊人的作品，而是终于可以沉下来面对自己的心，就像面对一位老朋友，也像遇见新鲜的自己。

画画是件简单又不简单的事，只要有一支笔、一张纸、一段美妙的心情就可以开始；它非常自由，你可以完全按照原作的思路，也可以加入自己的感觉，就算画错了也无妨，说不定就是一个新的开始。最好玩的是，你永远不知道最终的成品是什么样子。

以前我只喜欢临摹，现在却想用画画来记录自己的生活状态，并期许着未来可以用这种方式，来创造一个特别的世界。就像前些日子看完电影后突然想画画，于是就用两个小时的时间感受那种内心既平静又澎湃、既满足又渴望的奇妙感。龙猫和女孩，天空和碧野，当画面一点点地呈现出来，内心无比快乐。

现在的我无论多忙，每周都会找出一整天来画画，待在书房伴着一杯咖啡挥挥洒洒，恍如隔世，连先生和小朋友都会在出入时轻手轻脚，尽量不打扰这位已经魔怔的"画痴"。在我看来，万物皆是素材，花朵兀自生长的力量，人与人之间情感的流动，日常的小

小温柔，都是我想用画笔联结的画面。即便作品从技法上来说不够完美，却是我理解的世界，也能从中感知到自己的本心。

与世事暂时分离、专注于创作时，我面对的是自己最纯粹的时刻，我珍惜这种感受，并且保留了一个小小的习惯，抑或算是一种仪式。给每幅画标注日期，隔一段时间就回顾一下，好像把光阴也储存在了那个小小的画框里。

在这个节奏飞快的世界，能够慢下来，一笔一笔画出心中的美，这种感受真的很奇妙。或许，当你拿起画笔，人生就已变得不同。

清香鲜果派

[主料]
面包、水蜜桃、草莓、
猕猴桃

[辅料]
奶油、薄荷叶

[制作方法]
① 将面包切成片并
小火烙到两面金黄。

② 奶油涂在面包上。

③ 布丁冲上果实，草
莓与水蜜桃、草莓加上
一片薄荷叶来装点。

学习画画的心得分享

学画需要通过不断的练习来打基础。初级入门的课程往往都是比较单调与枯燥的，可能要在前期准备好付出和忍耐，而不要想着马上画出作品。

尽量选择线下学习。画画是需要老师和学员之间交流的，在画室学习有什么问题老师会第一时间指出来，手把手反复教你观察与表现方法，学习效果会相对更好。跟随良师入门会少走很多弯路，另外有同好一起努力和坚持，自己也会成长得更快。

选择画室最好先实地观摩，看看画室环境和挂的画，以及画室其他学员的学习作品，这也可以从侧面印证画室的水平。如果条件不允许参加线下课程，可以通过网络来上课，我比较喜欢公众号"置爱"创办的生活成长学院，里面的线上美学课程包含多种绘画课，让人在发现美的同时，也看到了生活更多的可能性。

自学的话可以经常观察别人的画，仔细推敲细节，看看作者用了哪些颜色、色彩如何搭配、技法上的独到之处等，然后用练习的方式揣摩，比一味地看教程更加有效。

跑步时，我在想什么

村上春树在《当我谈跑步时，我谈些什么》里说："突然有一天，我出于喜欢开始写小说，又有一天，我出于喜欢开始在马路上跑步。不拘什么，按照喜欢的方式做喜欢的事，我就是这样生活的。"和随性的村上君一样，我并不是一个擅长体育的人，喜欢上跑步是自己也并未想到的事情。

我最初想学的是芭蕾。也许每个女生都有一个公主梦，幻想着拥有舞者天鹅般的颈项，柔软修长的四肢，每一个线条都呈现美感，下颏微微扬起的时候很迷人。于是几年前，我报了一个成人芭蕾舞班。因为不需要以表演和考试为目的，老师的要求没有那么高，但同样需要付出很多的辛苦。以一位初学者的姿态与身体不断地较劲，每一点进步，都建立在无数次脚尖拉伸和旋转跳跃中，建立在自己与自己的较量中，建立在很多个觉得无法再坚持但又咬着牙坚持的瞬间。

身体真的很像一架机器，它在反复的练习中记住你的姿势和节奏，从量变到质变，也许在某节课上，你会突然发现自己的身体变

一个人的温柔时刻

得柔软轻盈起来，你学会了从前一直很困扰的动作，或者举手投足间都有了自己期许的模样，那是一种很美好的感觉。

搬家后因为离舞蹈室太远，芭蕾学习只能暂时告一段落，身体在短暂的停歇后开始抗议，于是我继续寻找适合自己的运动方式，比如跑步。不需要有太多的负累，耳朵里塞满自己喜欢的音乐，将脚步加快，手臂摆起来，是运动却也是放松。

不得不说，和其他的运动相比，跑步实在是太简单了。正如村上君在书上所说的："跑步的好处首先是不需要伙伴或对手，也不需要特别的器具和装备，更不必特地赶赴某个特别的场所。只要有一双适合跑步的鞋，有一条马马虎虎的路，就可以在兴之所至时爱跑多久就跑多久。"

常常送完孩子后开车回到家里，迅速换一身清爽利落的健身服，它们不仅能适应各种强度的运动，外穿也很时髦。把头发扎个马尾或干脆绑个麻花辫，在静谧沉默的清晨深深地呼吸，一切都是那么安静，行人也只是匆匆而过，只有你听着耳朵里的旋律，看着远处的天空与云朵，看着路边的植物，随着节奏奔跑，让这一天的时光从幸福开始。

"跑步时不需要和任何人交谈，不必听任何人说话，只需眺望周围的风光，凝视自己便可。这是任何东西都无法替代的宝贵时刻。"这不光是村上君的感悟，也是每一个在路上奔跑着的人的心情。

家附近有个紧凑又美丽的公园，我常常绕着小区跑几圈后便来到这里。栏杆旁布满了月季花苗，这些不同品种和颜色的月季在初夏开得格外好看，俨然形成了一面密密实实的花墙，即便是在北方萧瑟的冬季，也会偶尔吐露几个花苞，倔强地展露着生机。我在这个花园里度过了无数个清晨，几乎跑遍了所有的角落，看到了四季更迭和风景的变换。

当你习惯了运动，便再也无法放弃了。即便是怀孕期间，晴好的天气里我也会每天来这里做做运动。朋友说这样太拼命，但对我而言，看看花草、听听鸟鸣，这本是就是愉快的事情，运动之后吃一顿丰盛美味的早餐，更是额外的奖励。

有心事的时候试过在寒风中快走，什么都不想，只管一个劲儿地迈开双腿往前，那些令你消极悲观的事情让它们随风而去，当烦恼像有限的精力一样慢慢被消耗掉，负面的能量也终于消散在风中。

当跑步渐渐成为生活中的一种仪式，你会寻找到自己的节奏，会感受到生命能量源源不断地输入，那是一种无比踏实的感觉。于是我也慢慢放下内心的偏执，接受不能改变的，而在自己能够做到的部分用尽全力，心甘情愿却不留遗憾地面对每一个选择。

现在的我，不论出差还是旅行，都会在行李箱里塞一双运动鞋。用积极的姿态、清爽健康的模样，来享受旅途中的曼妙风景。无论是有着竹林云海的山谷、碧蓝海浪的沙滩，还是新奇时髦的大都市、富有异域风情的小城镇，只需要你均匀呼吸，带着愉悦的心情和往前跑的决心，就能在不间断的坚持中不断升华自我，丰富自己的人生。

当你跑步时，你就如同拥有了光。

一个人的温柔时刻

第五章 美时光

· 工具 · 材料

裹胸、丝带、里
布、蕾丝、花边、
剪刀、针线。

< 手作 >

BABY 芭蕾舞裙

虽然没有女儿很遗憾，但不妨碍我为别人
家闺女做裙子呀！

1

量出小朋友的腰围并确定长度，因为是芭蕾舞裙，所以可以短一点；按照腰围与长度裁剪好里布，正正相对后缝合一圈，然后翻过来；

2

在裹胸下端缝合一圈；

3

裁剪四段相同宽窄长度的蕾丝，先缝制第一层；左手按住蕾丝边，右手将蕾丝送过来，形成一层褶皱，然后在交接的地方缝几针固定，就这样形成有规律的褶皱；

4

在蕾丝上方再缝一条黑色丝带（如果觉得麻烦这步可以省略），在离里布末端 2cm 的地方缝合第一条蕾丝；

5

第二、三条蕾丝都按此方法缝合，从下往上，依次在每条褶皱的上方固定，第三条蕾丝缝在裹胸与里布的连接处；

6

第四条蕾丝缝合好褶皱后，在抹胸上端缝一圈固定；

7

在裹胸上缝两条花边做肩带，一条超可爱的芭蕾舞裙就完成了。

盛装旅行，
美好在路上

　　在旅途中，很多时候，我们会认真地为每个景点做好旅行攻略和记录，或者用心地挑选一家咖啡馆，用美好的下午茶来犒劳自己，但却忽略了让自己出行的每一天，都拥有更美的模样。在我看来，穿搭态度是日常态度的延伸，这也是生活的一部分。

　　年轻的时候我曾经对有些女孩的"做作"不以为然，她们每次旅行前都会用心准备旅行服装，绝不会穿着牛仔T恤出现在宫廷庙宇，也不会身着不合时宜的华丽浮夸衣衫出现在素朴小镇。直到有一次，当我与这样的姑娘一起旅行时，发现她们拍出的照片动作自然、色调和谐，而本人更是恰到好处地成为风景中的亮色。恍然大悟，原来用心搭配能带来妙不可言的旅行体验，也是每一次认真走过的印记。

　　于是即便是再仓促的旅行，我也尽量认真去准备，而不是用随意的衣着来打发。出发前用图片来感受当地的风景，考虑目的地的整体色调，再决定带一些什么样的衣服，甚至可以参考一下其他旅行者的搭配。打开衣柜，找出很久不穿的衣裙提前搭配一下，可能

第五章 美时光

会有小小的惊喜。丝巾、头饰、发饰、指甲油、高跟鞋，都可以作为巧妙的搭配，也呈现着你对旅行之地的理解。

几年前去巴厘岛旅行时，因为一时间没找到合适的裙子，自己买布亲手缝了一条渐变色的沙滩裙，虽然成本才 50 元钱，但是海风中的裙脚飘逸拍照特别好看，令这次旅行非常圆满。这条手作的裙子所带来的价值和好心情，远远超过价格本身。

我并不认为搭配是烦琐的事情，反而觉得格外有趣，根据目的地选择合适的服饰和妆容，再精心搭配小饰品，就像一场好玩的搭配游戏，需要不断地练习去提升感悟美的能力，去对比、鉴别和感受。

穿着适宜的衣衫，更容易和旅行地融为一体，也更容易卸下陌生感和减少与当地格格不入的感觉，无论是在山林、海边，还是古迹中，都会成为风景的一部分。

在薄荷绿的山林中，因为想要清爽、对比不强烈的照片，选择了一条简单的连体裤搭配草帽；曼谷的小小咖啡馆，配合背景的暖色调选择亮色系花纹服饰搭配帽子，增加点异域风情；清迈的知名甜品屋，穿了一条粉色层叠蛋糕裙搭配白色系墙，黄色成为恰到好处的点缀，谁说旅行不能带着洋装和高跟鞋呢？甚至我还在当地的服装店租赁了当地的传统衣服，穿上它们赤脚行走在寺庙里，我才仿佛真正感知到了这座城市的灵魂。

融入异国他乡，而不是淹没，尽最大努力保持自己的特质和风格，这其实也是旅行的乐趣。穿着好看的衣服，去博物馆研究物品背后的故事，去餐厅和当地人聊天，停下赶路的脚步静静地喝一杯咖啡，好好去感受窗外的风景，这些都是非常美妙的事情。

美的意识，或许需要在每一天里不断打磨。要磨炼五感，要给自己创造能带来良好影响的环境。视觉上，多接触美好的事物；听觉上，聆听好的音乐；触觉上，触摸优良的材质；嗅觉上，有意识地享受花香、食物的香味等；味觉上，品尝应季的美味料理。这些练习也可以在旅途中去实现。

"盛装"旅行，并不是要求穿戴华丽奢侈，而是让自己的服饰和妆容适合自己和目的地，呈现出一个与平日不同的你，一个对于美有着独特理解的你。当然，这并非是所有女生都需要的模式，生活方式的选择本身并没有对错，你只需觉得愉悦自在便好。

或者有一天我也会只带着眼睛出发，但那是另一段时光里的自己。但至少现在的我希望可以站在好看的风景前，适宜地装扮自己，收获一份别样的回忆。将对世界的认知、对生活的热爱投射在旅行时的衣品上，不辜负每一段时光。

因为美不是目的，也不是终点。

< 手作 >

复古发带

· 工具 · 材料

一块布头、针线、剪刀、橡皮筋。

· 步 骤

1

将布料剪成两块大小
为 40 cm×12 cm 的长方
形，一块 40 cm×6.5 cm
的长方形，准备一根长
约 15 cm 的橡皮筋；

2

将三块布料分别正面相
对对折，背面朝外，按
照红色虚线缝合，记得
留出缝份；

3

将所有缝好的布料翻到
正面，缝线居中；

4

将两条缝好的宽布条交
叉，缝线调整至内侧，
在各自末端缝合固定；

5

在缝好的窄布条中放入
松紧带，缝合两端；

6

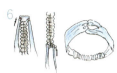

用松紧带连接已完成的
交叉部分的两端，发带
就完成啦！

你装进相机里的，是爱啊

关于摄影，安塞尔·亚当斯（Ansel Adams）曾说："你不是仅仅用一台相机来创造照片。你会将所有看过的图片、所有读过的书、所有听过的音乐和所有爱过的人都带入摄影这一行为之中。"

爱上拍照是一件很治愈的事情，当你翻看自己从前拍过的照片，很多时候依然会很清晰记得快门按下的那个当下所发生的故事。对于我这样一个重度健忘症患者，相机无疑又是体贴和温柔的，倘若不是用摄影的方式记录下来，那该错过多少美好。

有年春末时邀约女友去郊区爬山，因为下雨的关系，期待中的美景几乎完全消失。我不由得有些沮丧，女友却笑着说："既来之则安之，不一定没有美景，好好观察，可能会有意外的惊

喜。"果然，快要下山的时候，我们意外地发现了一个野生小花园，一丛一丛的淡紫色花朵，就那样怯生生又好奇地看着我们。赶紧用随身带的相机拍下了光影中的花丛，说来奇妙，尽管那一刻还是不美妙的天气，心底却生出了无限的柔软与幸福。

当你对万物有心，美自然会常在。摄影大师布列松说过："拍摄照片就是要屏住呼吸，全部的官能都集中在一个点上，捕捉稍纵即逝的现实。就在那个瞬间，抓住一幅影像就成了巨大的身体和心灵的快乐。"当我们用相机来联结大千世界时，即使是那些看起来寻常无奇的事物，也因为你用心的感受，和官能的全情投入，而变得美丽而有意义。

我是一个急性子，但是在拍照的时候，却能够深深地耐得烦。

要拍摄一张好的照片，可能要花很长的时间，但我享受这种静静去体会和感知的过程，调整光圈，变换角度，不急不躁，只为了一张打动自己的照片。即便最终这些照片很多时候只是静静地躺在相机里，却在那个瞬间完成了自己的使命——让我完成自我内心的呈现。

快门按下的那个瞬间，生活的不如意也似乎随着"咔咔"声消失了，剩下的，只是活在当下的快乐。有段时间去了深山的民宿居住，每天的生活就是远足，发呆，听雨，捡果子，吃主人亲手栽种的蔬菜，拍下竹林深处的植物们兀自生长的模样。

落雨时躲在木屋里，烧一壶开水用来泡茶，隔着玻璃窗欣赏树木们摇曳的姿态。雨浇湿青石地板反射出的光圈，与发黄色的灯光层层叠叠，是我在城市里感知不到的美。这些感受用语言描绘是那么苍白，幸好可以通过一张张照片表达出来。即便是很久之后重温，也似乎完成了一场对理想生活的复习，重新感受到那种身体的放松与心灵的愉悦。

虽然并未成为摄影师，但却有了两个专属模特。孩子很快就会长大，快到你都来不及回忆，所以我喜欢用照片为他们记录下点滴动人的画面。刚出生几天的小毛头，第一次握住手时指尖传递的温柔，第一次摇摇晃晃地迈出小腿，第一次看到海浪和看到山顶的日出，第一次见到画册里的小动物……他们的世界是纯真的童话王国，一颗未见过的果子，一只色彩艳丽的蝴蝶，都可以吸引他们的注意力。当你不由自主地记录这些美好，也会跟随他们的节奏一起去捡起那些缺失很久的东西。

或许没有人比父母更适合担任孩子的摄影师。等他们长大了再拿这些照片出来，你会发现真的有好多故事其实从没忘记，也会对自己曾经拥有的一切都心存感激。

很多次的旅行，因为单反相机占据了空间，不得不把行李从小箱子变成了需要托运的大家伙。先生最初也略有微词，后来却会主动帮我装箱，甚至会提醒我"带上相机喔"。忍不住有些好奇，他的回答却让人有些惊讶："我看到你在拿起相机拍摄时的快乐，那个是发自内心的。"当你投入地做一件事情，那个当下其实也是动人的。

从未想过拍摄会带给我这么多收获，所有拍摄过的一切，都是用一种最具象的方式呈现了自己，得以用不同的方式看到美、体验美，并且渐渐敞开自己的心，渐渐知道世界有多大，以及陪伴在你身边的人究竟有多珍贵。

因为你放进相机里的，是爱啊。

不完美，也很美

　　好的事情往往还有预告，而坏的消息，通常咣当一下就来了。年轻的时候，作为完美主义者的我从来没想过有一天自己可能会变成弱者，但谁都一样，也许明天就会突然变得无比脆弱。

　　生下第二个孩子的半年后，我终于意识到自己的情绪出了问题。最初是因为小婴儿的加入而导致的不适，他几乎占用你所有的时间和精力，常常让你觉得身心憔悴。有时候他突然狂哭不止，怎么哄都不行，眼睁睁看着他哭到嗓子嘶哑，无力感一点点敲击和撕裂着我。

　　接着哥哥也生病了，那段日子先生总是出差，我只能独自带哥哥去看医生，观察着他每一次细微的病情变化。常常半夜不睡觉，因为不想睡、不想吃饭，因为没有胃口。每天都在焦虑中度过，那种对未来的不确定，就像是溺水者看着天空逐渐远去。

　　不是没有想过寻求帮助。想找人诉说，手机接通的那一刻，嗓子仿佛沉积了灰尘，不知从何说起，只好顾左右而言他。也想用过美食、电影、旅行来逃避，可是大脑总会有闲下来的时刻，于是把自己一点点耗尽，还带着无尽的愧疚。"如果不是我没有照顾好他，肯定不会生病""真是个不称职的妈妈"，脑子里好像有无数个情绪小蓝人，时刻提醒着自己的脆弱。

溺水了，总归要扑腾两下，说不定就抓到救命稻草了呢，这是自我救赎的本能。我的"救命稻草"，就是对身边的人说"请帮帮我"，也从她们身上获取着能量。

认识了一位姐姐，她从容又优雅，你完全看不出来她的孩子曾经患过脑瘫。宝宝在出生之初被判定生病，丈夫不能接受而选择离开，她安然承受所有的痛苦，辞掉工作，用尽全力来照顾和引领孩子。不是一开始就能接受这一切，她也有过夜深时痛苦绝望的时候，想起这件事随时随地都可以大哭一场。这种打击随着孩子的成长接踵而至，别家的小朋友走路了，他还不会抬头；别人可能已经会说话了，可他还不会发音。

"怨天尤人也没有任何用，还是得依靠自己，"我至今还记得她笑语盈盈的样子，淡然平静到仿佛在说别人家的故事，"我只觉得应该接受事实，尽心让有生之年与这个孩子的一世缘分不被辜负，已是足矣。"

她实现了自己的承诺。如今孩子已经成人，看起来就像所有你能看到的正常孩子那般自信乐观，念了大学，生活独立，也被女生喜欢着。我无法感受和想象作为母亲这些年的付出，毕竟人与人的悲欢并不能完全相通，但我了解伤痛不是软弱的理由，要学会在爱的伤痛里安住，更坦然地去面对它，在崩溃中重新崛起，创造出比以前更加强大的自己，也把这样的力量给予你最爱的人。

亦有幸认识了另一位母亲，大学时的老师。原本幸福温暖的人生因为女儿突如其来的疾病，而被牵引到一条未曾设想过的岔路。她陪伴孩子经历了最严峻的考验——生与死。但即便在这样艰辛的过程中，她所体现出的忍耐、教养、乐观与高贵依然是那么动人。

"有一种爱深沉、纯粹，如同深海里的岩石，人们只看得见大海的平静，却只会在沧海变成桑田之日才懂得大海的深邃"。那么人生，对于每一个人，何尝不是沧桑巨变？来自心灵深处的软弱和恐惧并不容易克服，这需要勇气，也需要智慧与爱。

她在自己的公众号"咪咪成长记"里推荐了一部电影，叫 *Collateral Beauty*（《最美的安排》）。讲的是一位事业成功、热爱生活的广告人在痛失爱女后，变得悲观厌世、逃避生活。他的合伙人发现他在给"死亡"、"时间"和"爱"写信后，和另外两名同事一起想办法，找来三位戏剧演员来扮演，帮助他寻找答案，重建生活。

电影中多米诺骨牌作为一个核心的隐喻，象征的大概就是我们用心经营的人生。生活如此脆弱，不幸与苦难轻轻地触碰，就会令它坍塌。多数人只沉浸于生活被毁掉的痛苦，却忽略了其实那不幸的人生也有别样的美好，正如倒下的多米诺骨牌具有的美一般。不幸和苦难带给人的形而上启示往往超越它们本身。

也许只有在见到真正的苦难后才恍然大悟，一直以来事事渴求的完美，在困境中却那么地一文不值。同时也意识到再这样下去生活就要失控，必须把碎了的自己一片片捡起来。于是开始寻找自我存在的意义，也试图换个角度看这世上的风景。

一个人的温柔时刻

第五章 美时光

一个人的温柔时刻

不要觉得自己的生活无懈可击，就算是在漏洞百出的时候却仍然努力给予爱，让自己的心境保持平和的状态，试着跟它们和平共处就好。我决定跟自己和解了，不再假装自己彼时一切都很好，打电话跟朋友倾诉，也会寻求心理医生的疏导。

尽量每天早睡早起，吃健康有营养的食物，买好看的绣球花。天气好的时候，会在露台的餐桌上吃些甜品，或者看看远处草坪上的小狗。以前每天都泡在朋友圈里，现在却会有几个小时完完全全去陪孩子。带哥哥去公园骑车，看弟弟好奇打量这个世界，我不再觉得这种陪伴单调乏味，反而觉得这是老天赐予我的机会，只有我能被他们纯粹地依赖、信任和爱，多幸运。

曾经我喜欢未雨绸缪，现在却发现，只要把今天做好了便足矣。人生无数十字路口，变化多端，怎么可能每个都准备好？那么，进一寸有一寸的欢喜，就如同经历过这次情绪低潮期，体会到了痛苦的时候有多痛苦、迷茫的时候有多迷茫、无奈的时候有多无奈，我渐渐能够真正地站在别人的立场上来考虑问题，用一种宽容的态度对待生活，也令当下的我对现在所得到的一切倍感珍惜。

也许消极的情绪依然会时不时地来偷袭一把，但是没关系，当下的一切，都是我的际遇，我不能回避，也无须软弱。至少下一次它再来，我也知道该如何面对了。毕竟，没有人能拥有这世上所有珍贵的东西，亦没有一件东西是理所应当得到的，这不是事物本身该有的样子。拥有的，全部是恩赐。

不完美，也很美。

· 原料

中筋粉 250 g

水 125 g

酵母粉 3 g

抹茶粉适量

红曲粉适量

< 手作 >

蜜桃馒头

　　水蜜桃下市还想吃桃子怎么办？自己"囤"一筐咯，放在小朋友的玩具厨房里，给他们一个小小的惊喜。

1

用少量水将酵母粉浸泡几分钟，再加适量水和面，和成面团进行发酵；扒开面团，发现内部有蜂巢状组织说明面团已经发酵好，就可以开始做了；因为要做造型，不要等到蜂巢组织太大了；

2

面团放案板上，加入面粉用力揉搓，揉至面团切开内部没有孔洞；

3

将揉好的面团均匀分成小份寿桃馒头，一个大概50g，再次加入面粉揉；先揉成普通馒头形状，双手转动面团，将馒头捏成桃子形状，用勺把儿压出桃子中间的痕；

4

取一小份面团，加点抹茶粉，揉搓均匀做成绿面团；取一点随意做成叶子形状，用勺把儿压出叶痕；

5

把桃子和叶子组合在一起，用干毛刷蘸一点红曲粉轻轻地刷在桃尖部分。从桃尖由下往上刷，最后用刷子轻轻在桃尖部分点动，使粉从刷毛自然流下；可以在红曲粉中混入一点点面粉，效果会更自然一点；

6

将面团进行二次醒发，大约 20分钟；蒸以前最好再轻压一次桃痕，水开后再蒸 25分钟，关火虚蒸5分钟再开盖即可。

愿你的美，不惧光阴

　　也许是因为我们身处一个速成的年代，很多美好因为太容易被记录，反而让"记住"本身显得不再重要。但我始终觉得，总有一些东西是不可取代的，比如珍惜自己的心情。

　　很赞同摄影师双囍说过的："人生最大的遗憾之一，是衣柜里有数不清的衣服，甚至都想不起什么时候买的，什么时候穿过。更不幸的是，随着年纪的增长，身体的变化超出自己的预期，才忽然意识到原来已经错过了自己身材比例最完美的时刻。"

　　少女时代并不懂得拍照的含义，翻开旧相册，拍过的单人照不超过 20 张，比现在一个月内给自己拍的都少。那时候相机还是用胶卷的，它不算是奢侈品，却也并不是每家都会拥有，再加上胶卷和冲印的成本，拍的人并不多。或许正是因为为数不多，所带来的记忆才愈发弥足珍贵。有时候会看着那些有些泛黄的、像素也不高的照片，回忆当年自己青涩的面容，和那段时光里所发生的故事，会觉得非常奇妙，同时也遗憾着，没能留下更多美好的印记。

第五章 美时光

不想再有这样的遗憾，于是工作之后，每年都会邀请自己拍一辑写真。那时候才知道，原来美目贴可以让眼睛变大，胖一点也没关系，反正还有修图师这个神奇的职业。在镜子里端详自己被用心装扮后的模样，那是一种对自我的寻找；某些缺点原来可以在照片里变成美好的点缀，这是一种有效的宽慰和美好的感受；收藏一些好看的照片，在对自己灰心丧气的时候拿出来鼓励自己。

摄像师可能会改变你看待自己的方式，而你，可以改变看待自己和世界的方式。我并不是专业模特，但也从未担心自己的表现力，无须刻意做作，呈现当下的自己便好。照片像是在传递着一种对于生活的态度，提醒着要时刻珍惜自己的心情，也用这样的自我取悦来平复精神世界里的鸡零狗碎。

到现在为止，我已经有了十多套不同主题的写真。比如去年的复古旗袍照，戴上珍珠耳环，头发梳成波浪纹，涂上亚光唇膏，在精致考究的布景前婷婷袅袅。这间相馆拍摄时用的是胶片相机，每一张都要尽力记录下顾客最好的神态和表情，这是一种有趣的体验。

还拍过一些很特别的照片，比如穿着礼服去菜市场取景。拍摄前看到如织的人群出入在市场门口，忍不住打退堂鼓。但一想，敢于跨越舒适区，

一个人的温柔时刻

去做一些充满挑战的事情，不也是很有意义的事情吗？哪怕只是拍一辑照片，当你跨越内心的桎梏，便能拥有漂亮地去面对任何事物的底气，充满无限力量和可能性。

每次看到相册里的照片，便会想起很多几乎被遗忘的记忆，它们曾经那么珍贵，原本应该持久地存留在心底。那年夏天，我结束学业找到了喜欢的工作，第一次邀请自己拍写真，既兴奋又有些羞涩；30岁那年努力减肥，脸颊清瘦了不少，终于穿上了最小码的礼服；有了两个孩子后，身形未有太大变化，神情却柔和许多，浑身散发着幸福的感觉……看到照片的变化，如同也回顾了自己的成长。

照片的意义，或许就在于记录每个阶段的芳华，也许没有宏大意义，但却已经足够珍贵动人。也因此，尽管现在电子产品已经突飞猛进，方便到拿起手机随时都可以拍下想要的一切，但我还是愿意用心化妆、准备服装，邀请中意的摄影师为自己拍摄一套照片，这是一种鲜活、珍贵的仪式感，也由此唤醒对自己郑重其事的心情。

每一次拍摄，都如同一场人生的幻梦，提醒着，你很珍贵，你很美。

有独处的能力，
才有爱的能量

　　一直觉得，婚姻中伴侣的相处之道，是敢于接纳"孤独"。少女时读书，中意安妮宝贝说过的，"最好的爱情是，不要束缚，不要占有，随时随地留给对方距离"，而这些观点亦跟"奶茶"刘若英文字下描述的"独立婚姻模式"有几分相似。

　　曾买过刘若英的一本《我敢在你怀里孤独》，书里她对亲密关系是这样解读的：真正成熟美好的亲密关系，是能"窝在爱人怀里孤独"。即使两人暂时无话可说也无所谓，相对无言，那就暂时沉默，静静地在对方的怀里孤独，这是两人相处信任的极致表现。她还白描了一段婚后生活：夫妻俩一起出门，去不同的展览，看不同的电影；两人一起回家，有各自独立的卧室和书房，但共用厨房和餐厅。

　　如果说单身时的独处还有不得已而为之的可能，那结婚后自己再次选择独处就是一种能力、一种习惯或本领了。因为在家庭中的柴米油盐里，太多的大事小情会把两个人紧紧捆绑在一起，如同蚕茧一样将彼此越裹越紧，如果你不探出头来呼吸，便会习以为常那样的缠绕，也渐渐失去了对自己的独立判断，和对世界的清醒认知。

　　有独处的能力，才有爱的能量。当你有能力独处，才有能力去爱，去分享，去走入另一人内心的最深处——而不会急着占有对方，不会过分依赖对方，不会将对方限制成一个静物，也不会像着魔般地需要对方。在这样的婚姻里，快乐不会被对方剥夺，因为快乐不是对方给了才有的。

　　10 年前认识先生的时候，我们和大多数恋人一样，迫切希望可以改变对方，或调整自己的步调去迎合，做任何事情都在一起，好像只有这样才能被称为伴侣。但越这么做，越是相处艰难。直到在无数次的磨合之后，彼此慢慢地领悟到，有时候爱一个人的方式，不见得是你为他做了什么，而是对方知道，你在，就好。

　　你有你的球场，我有我的下午茶，婚前那部分对彼此吸引的特质，不就是我们不懂对方的部分吗，又何必要求在婚后全部都懂呢？邀请对方一起看电影或聚会，如果他不喜欢，我就自己去；如果那一刻他觉得累，那就让他做自己觉得放松的事情，发呆打游戏都没关系。

　　我希望伴侣可以在这段关系里放松自如，也期许自己了解婚姻中的底线，学习为自己的生活做选择，不断成长，确立自我，获得心智的成熟、人格的独立和完善。但前提是，实现一个人愉快的自处，因为只有这样，两个人才能更好地相处。

最妙的婚姻或许就是，分开的时候像磁铁，彼此相吸却又各自独立，一头是多一位如亲人般爱你的伴侣，另一头是单身生活美好的延续，而后者中，保持独处和孤单的能力尤为重要。

前几日去探望刚生下第二个孩子的女友，彼此相视一笑，感受到生活的辛苦都可以忽略不计，但唯独在时间上，女人最容易失去自主权。当你好不容易有了灵感想写几行字，小家伙哭着向你扑过来求抱抱；当你累到昏天黑地只想好好发呆喝杯咖啡放松，微信里工作群的提示又急吼吼响起。

生活不易，但请，无论如何留给自己一点时间。做喜欢做的事，让精神世界日渐丰盈美好，也让你对自己有更深层次的了解。况且有些爱好，无须他人陪伴就能完成。一个人，也有一个人的欢喜。

在下雨的日子里，趁着孩子睡觉的空隙，安安静静地听着雨声放松下心情，或是在晴朗的天气里给自己煮一杯坐炉奶茶，烤只松饼，别忘加一点加拿大的枫糖浆浇在上面。

读书，享受阅读的快乐，通过与书的作者对话，发现自己的内心。不让别人的观点淹没自己内心的声音，就会看到更加广阔的世界和真正的自己。

侍弄花草，看它们迅猛的生长姿态，会情不自禁嘴角上扬。跑步也是实现自我的交流和对话，还能锻炼人的意志力，那种运动后微微出汗的感觉让人很有成就感。人如果不能充满力量地保持自我，就不能拥有一切。

旅行，挑选自己最中意的方式。孩子慢慢长大，我也开始恢复自己的独自旅行。先生除了有点担心安全，并不会因为我"抛夫弃子"感到愤怒，孩子们也不会因为"一周没见到妈妈"而受到多大的影响。而我却会拥有一段属于自己的时光，收获不同于家庭和孩子能给予的快乐。

这些都是不需要伴侣陪伴亦可以自我满足的事情，去享受这种自处的快乐，领略人生不同的风景。只有彼此带着自我走进婚姻，拥有别人拿不走的幸福力，才会成就婚姻的加法，也才能让对方更加圆满。

对于真正成熟独立又自由的人，独处是一种美好的体验。而当你学会了自处，那么与爱人相处，与孩子相处，与他人相处，与世界相处也会成为一种美好体验。你可以与爱人安然相处，同时享受独处之美。正如刘若英在《我敢在你怀里孤独》写到的"因为保有你，我感觉幸福，同时我保有自己，所以我能安心自由"。

<手作>

复古马赛克烛台

· 工具 · 材料

马赛克玻璃、透明玻璃器皿、酒精胶、填缝剂、海绵。

1

剪开酒精胶头部，把胶
水涂在玻璃器皿上；

2

把马赛克玻璃一块块贴
在涂上胶水的地方，平
整的一面对着玻璃，贴
时留出一些空隙，全部
贴完后等 24小时，待酒
精胶完全凝固后再进行
下一步；

3

将填缝剂的白色粉末
倒入容器中，100 g 粉
末需倒入 25 g 水，水
不要一下子倒进去，
要一点点地去调和，
直到变成像牙膏粘稠
度一样的状态；

4

在胶水完全凝固的烛
台上涂上调和好的填
缝剂；

5

用海绵硬的一面把填缝
剂压实，等一刻钟左右；

6

用海绵软的一面把马赛
克烛台表面的填缝剂擦
掉，填缝剂需要 24小时
才能完全干透，可以放
阴凉处晾干，这个五彩
的马赛克罐子白天可以
储物，夜晚可以在里面
点上蜡烛，很美。

成长，永无止境！

　　哥哥小 D 六岁生日后，我突然很想念书。那时候我的人生进入了新阶段，弟弟小 K 刚刚出生不久，一直从事的主持工作因为照顾孩子也暂停了。白日里的生活忙碌琐碎来不及细想，往往到深夜独处时才能面对内心的不自信和对未来的种种不确定。

　　有段时间常常坐在客厅发呆，透过大大的落地窗望着远处的灯火，一切静默如常，却觉得自己就如同被困在迷局中。除了照顾孩子，我到底还可以做些什么？以前的工作还有自己的立足之地吗？要不要去新领域闯一闯？……

　　念书的愿望于某个深夜不可遏制地重新萌芽了，想起我曾经反复做过的梦：高中的数学考试上大家都快交卷了，可是我还有好几道大题没有答出来，啃着笔头无比焦虑。"学习的时候要是再认真点该有多好"，在梦中我不断重复着这样的念头。即便毕业已经这么多年，我发现自己依然没有办法放轻松。如果还能有一次真正全力以赴的机会，该多好。

于是去看了各种资料，挑选了一所具有吸引力的学校，或许并非名校，对我来说却充满挑战，也是当下最好的选择。那个时候并不确定以自己的能力是否可以去念，只是孤注一掷地去试试看。

买了一大堆资料，常常在娃睡觉的时候，跑到家旁边的咖啡馆念书，啃各种完全不懂的名词。还记得常去的桌子上有个小小的台灯，打开就会有橘色的灯光温暖地投射在书页上，伴随着圆珠笔的沙沙声和桌边咖啡或茶的香味，我的心绪平静安宁，那是自己期待很久的模样。

幸运的是，几轮考试后我通过了。邮箱里收到的似乎不是一份录取通知，而是一个中年女子探索这个世界的新工具，也让我有机会从"庸常的人生"里偷出来两年。当纽约的教授飞来讲授一些我从未接触过的知识；当在课堂上埋头于考试资料中，或者捡起英文，熬夜和小伙伴们准备 presentation（展示报告），我都处于一种对世界暌违已久后回归的新鲜感里。尽管自己并不是其中优秀的一位，却也并没有因为年龄而构成学习的障碍。相反，过去多年职场的经历、对生活的思考，会成为一种珍贵的能量。

很赞成一种观点，"步入社会多年后的再学习，最大的困难不是精力不济，不是规则难从，而是把自己放低放低再放低，用空杯的心态去接受另外一种全新的、较之从前更艰苦的生活"。尽管不易，但当你经历过这段时光，便会感受到身后有一个更加广阔的世界。

虽然在通往这个世界的路途上，我们牺牲了一些与家人相处的时间，但总有一天孩子会懂得并感激，身边有一位尽管并不完美，却愿意共同成长，并且不断在努力的妈妈。

　　入校两年后，终于以一位学生而不仅仅是游客的身份，来到纽约参加毕业典礼。漫步在明朗苍翠的校园，我与那个梦中始终惶惑的小孩和解了。站在人群中，尽管目之所及皆是比自己年轻耀眼的面孔，却有一种豁然开朗、世事洞明的感觉，内心笃定安然。

　　原来，这世上所有的"幸运"，都不是凭空得来的，只要你不停下行走的脚步，看这世界千姿百态的同时，依然可以收获知识与阅历，收获柳暗花明的际遇。长路漫漫，当下并不代表永远。

　　虽然我们都面临过同样的困境，无论是生子后工作断档的茫然，家庭事业难以兼顾的矛盾，还是告别了自我的失落。无论在什么样的境况中，都不要失去对人生的选择权。把眼光放得长远，那些别人眼中的"劣势"，迟早会在你的努力中转化成"优势"，也会给人生带来全新的力量和机遇。

　　我把那纸证书从行李中拿出来，藏在了抽屉的最深处。这是铺垫了很多个日子的心血和时光，也是我成为妈妈 6 年后，为成为更好的自己而付出努力的印证。但现在，一切重新开始，重要的是，带着这些实实在在的能量和感恩的心继续前行。

　　人生不光有面包和四季，也有理想与远方。想到 40 岁时候的我，一定比现在的我更从容可爱、更丰盈有趣，内心便充满了小小的期待呢。

时间会带来一切答案

不知不觉中，我已经当了八年妈妈。还记得初为人母时，就像少女系漫画突然停刊，突如其来地转型成育儿杂志，被要求告别任性、告别自我、告别自由，生活变成了完全不同的样子。

有很长一段时间，都怀疑自己无法如我的母亲一样，永远把孩子放在生命的首位。她把人生中最美的时光用在全力照顾我和弟弟身上，给予最好的爱与资源，自己却什么也不肯要，似乎孩子的幸福，就是衡量她人生成就的唯一标准。只是在十多岁时隐隐察觉到了母亲的不快乐。一个全心全意爱着自己的妈妈，为什么会在深夜长长地叹气？很多的疑惑，只有在自己有了相同的身份后才会懂得。

比如养育第一个孩子，因为这个娇弱生命的出现，从前的宁静与安稳被打乱了。他彻夜哭闹，给我带来的是睡眠不足的困顿，和不知该如何对待他的焦虑与自责。

养育第二个孩子，要面临新出现的难题。哥哥对于弟弟到来的失落、不解和愤怒，弟弟的委屈和弱小，只好硬着头皮处理家中时时可能发生的"世界大战"，还要学习如何去让两个"灭霸"和平相处的艺术。

都说为母则刚，但我并没有完全的信心会照顾好他们，也常常想要"叛逃"。从前最珍视的自我和自由，似乎因为被赋予这个身份而被迫消失。

是的，相对于分娩，养育是一条比预想中更漫长和艰苦的路，在绝大多数时候，也是一件需要独自承担的，无比孤单的事情。在这些此起彼伏的暗涌中，持续着对生活的忐忑，因为不知道自己还需要多久才能成为一个面对孩子游刃有余的女人，也不知道下一波的烦恼又会是什么模样。直到很多的困惑都在做母亲的潜能被激发后，以及和孩子相处的看似平淡的日常中渐渐被解答。

我意识到自己的焦虑来自对于未知的不可控，但孩子的成长无法用等级来评估，他是独立的个体。同样，母亲也是。让孩子成为更好的他们，我也成为更好的我，这一切并不矛盾。

我还感受到，抚育孩子们长大其实并不是辛苦地付出，而是一种丰盛的鼓舞。看到婴儿从会抬头翻身，到爬行走路，说可爱的句子，惊叹于夕阳的美丽，陪伴他们长大像看这个世界最奇妙的变化。你曾经丢掉的，终于得以拾回。

于是时常地，我跟自己说，放轻松，因为没有人天生就会当母亲，这是场穷尽一生的练习。练习不断更新头脑里的科普和新知，练习将爱变成翅膀而不是枷锁，练习珍惜自己的人生重量，练习对自己理直气壮地好一点。尽管这一路上都是鸡飞狗跳。可是当妈妈的，

哪一个不是单打独斗练出来的呢？

　　或许当初的痛苦、沮丧、脆弱、愤怒仍隐隐作痛，但现在却开始变得坚强、乐观，有勇气和能量成为一位真正的母亲，这种不断的成长，亦是弥足珍贵的收获。"我们终究能够找到幸福的意义，不是因为恐惧，不是因为内疚，更不是单纯因为责任。因为爱本身就是一种幸福，基于一种不需要回报的付出"。

哥哥每次都会在我难受的时候默默地递过来一杯温水，弟弟会唱可爱的歌谣给我听，在这些温柔平淡的时光里，我逐渐确定了自己对他们的爱，也非常确定我要努力地爱自己。

于是每天在他们睡下后，打开台灯阅读写字画画手作，做件自己可以全身心投入的事情。在那个当下，作为主体的感觉突然变得好强烈，不再只是属于孩子，而是"我自己的时间"，不是洗衣服、做饭或者喂奶，而是以自己为"主体"的生活。

或许就是这样的一点点甜，逐渐填满了生活的苦。尽管到现在我也没有成为完全迷恋孩子的母亲，但也不再去想象另外一条路上的旖旎风光。生活并不是简单的复制粘贴，不同的生活形态却也是人生最妙之处。

当你想清楚自己以后要走的路、要做的事、想成为的人，就会渐渐感觉到内心的踏实与安定。星辰大海在向你招手的同时，风暴和泥沼也在同时潜伏，但总得往前走，不管遇到什么样的风景，总有办法去应对，然后享受它。因为所谓的幸福，不一定是成为"面面俱到的完美女性"，而是寻觅到那些真正美好的、必要的、能够滋养内心的事物，这也是我们一生的功课。

以这本书，致敬永远都没有长大，但永远都没有停止生长的，每一个你。

总复习
可爱小生活指南

年龄越大，便越懂得世界本无童话，但你可以尝试用这些方式取悦自己，随时随地享受人生。

布置迷人的角落

在落地沙发旁摆上墨绿色的小圆桌，披上自己手绣的方巾，摆上靠垫，添置一盏简约又温暖的灯；或是在书房里放置可爱的手办，泡一壶绿茶，在花朵的芬芳里读着中意的文字。

椅子坐得厌烦了，可以挪到地毯上；读书读得累了，抬起身子让阳光晒个正着也很好。尽情感受角落带来的幸福吧，当你拥有这些美妙，心也不再是空的了。

去菜市场买菜

看着五颜六色、新鲜水嫩的瓜果蔬菜，心里常常觉得温暖又亮堂。原本困扰的生活，似乎在菜市场中被解开乱麻。所有的事物都重新走向具象的清晰，亦会发现自己最基本的需求，不过是一饭一蔬。

有时候啊，我们需要放下欲望和渴求，试试纯粹而自然的生活方式，让紧绷的神经，慢慢地放松下来。哪怕只是，去菜市场买买菜。

享用好物

我喜欢在得空的时候，打开器物柜，拿出一只心仪的杯碟，盛放亲手烤制的蛋糕。它们彼此妥帖地映衬，总是会让你觉得食物格外美味，那个当下也格外温存。

在我看来，美的器物本身就带有疗愈的力量。它们并不取决于价格，而是价值，是有没有与你的心产生交流。如同幼时使用的白瓷碗，温润醇厚，是家的味道。不光是我，或许大多数人的日常中，并不缺少一个杯、一盏碟，而是缺少最终能把我们从倦怠中唤醒的美物。

烤蛋糕

或许你对做蛋糕已经期望许久，却认为烘焙是一件很难的事情而望而却步。亲爱的你，请不要被这堵墙所阻拦，试试看。我也是从一无所知的小白，慢慢开始创作属于自己的甜点的。

当你为所爱的人细心地准备各式材料，再耐心地走向甜美的烘焙旅程，心底深处会浮起如奶油般丰盈温润的温柔，便会觉得一切都是甜蜜的付出。

享受插花的乐趣

喜欢在周末的时候慢慢地插上一束花。不受拘束的花器，繁茂或孤寂的枝条、浓淡相宜的花色、疏密有致的叶片……

如何能够通过思考把花的美丽最大限度地发挥出来，才是插花的本质，也才会与你的心和生活产生联结。由始至终，肆意享受着插花带来的乐趣和满足感。

野餐

被好吃的食物和中意的茶具包围，听听微风吹过小草的声音，在自然的环境中与有爱的人分享生活的细碎，彼此给予温暖的力量。躺在草地上享受阳光，就像春天对樱桃做的事。吐司、花朵、女孩、微风、草地、野草莓，这是不能错过的可爱时光。

试试从固定的小世界走出来，去看看流动的一切。这样只属于自己的时光，尽管短暂，却非常重要。

编织

客观来说，我从来没有完全了解各种编织的方法，都是靠着小聪明乱织。但好在心态不错，掉了一针又怎么样，下一针补上去就好了呀。

织不出花样，那么简简单单也是好的。每当我缝好最后一针，剪断线头，再把它洗干净熨平整拿在手里时，指尖是暖暖的温度。不着急，不忙乱。在编织的过程中，感觉到自己的心慢慢地沉静下来。以前遇见纠缠在一起的线会一剪刀"咔嚓"掉，现在却会找到线头，耐心地去理清楚。

解答人生的谜题，不也需要穷尽耐心吗？

图书在版编目（ＣＩＰ）数据

一个人的温柔时刻 / 李小岩著. -- 桂林：漓江出
版社, 2019.11
ISBN 978-7-5407-8754-7

Ⅰ. ①一⋯ Ⅱ. ①李⋯ Ⅲ. ①随笔 – 作品集 – 中国 –
当代 Ⅳ. ①I267.1

中国版本图书馆CIP数据核字(2019)第225870号

一个人的温柔时刻（Yi Ge Ren De Wenrou Shike）

作　　者　李小岩
绘　　图　李小岩
摄　　影　武卫安　李小岩　JessieYu13　田大宝　李山

出 版 人：刘迪才
策划编辑：杨　静　　　　　责任编辑：王成成
封面设计：柒拾叁号　　　　内文设计：夏天工作室
责任校对：赵卫平　　　　　责任监印：黄菲菲

出版发行　漓江出版社有限公司
社　　址：广西桂林市南环路22号　　邮　　编：541002
发行电话：010-85893190　　　0773-2583322
传　　真：010-85893190-814　　0773-2582200
邮购热线：0773-2583322
电子信箱：ljcbs@163.com　　　　微信公众号：lijiangpress

印　　制：北京尚唐印刷包装有限公司
开　　本：710 mm×1000 mm　1/32
印　　张：8
字　　数：170千字
版　　次：2019年12月第1版
印　　次：2019年12月第1次印刷
书　　号：ISBN 978-7-5407-8754-7
定　　价：48.00元
